군대를
최고의 대학으로
만들다

장재훈 지음

가나북스

2017년 08월 15일 초판 발행
2018년 02월 15일 2쇄 발행
지은이 장재훈
펴낸이 배수현
디자인 유재헌
홍　보 배성령
제　작 송재호
펴낸곳 가나북스 www.gnbooks.co.kr
출판등록 제393-2009-12호
전 화 031-408-8811(代)
팩 스 031-501-8811
ISBN 979-11-86562-63-5(03800)

프롤로그

나 하나쯤은 이렇게 지켜야하지 않겠는가?

류성룡이 7년 동안 임진왜란이라는 끔찍한 전쟁을 치르고 나서 7년간 아픈 기억을 되살리며 징비록을 쓴 이유가 무엇인가? 다시는 아픈 과거를 반복하고 싶지 않은 마음에 그 괴로운 시절을 회상하며 징비록을 썼을 것이다. 징비록을 읽다 보면 나라를 지킨다는 말에 대해 다시 생각해보게 된다. 나라를 지킨다는 뜻은 외세의 침략뿐만 말하는 게 아니다. 내부의 적으로부터 또한 지켜야한다. 얼마 전 우리나라는 지금 400여 년 전 일어난 임진왜란 때보다 더 혼란스러웠다. 한 나라의 대통령이 탄핵 되고 문제를 일으켰던 주요 인물들이 구속되었다. 죄에 대해 벌을 하는 것도 중요하다. 우리에겐 더 중요한 것이 있다. 이런 문제가 발생되기까지 원인을 해결해야 한다.

어찌 보면 이런 사태가 터지기 전까지 지금 구치소에서 수갑을 차고 있던 사람들은 보통 사람들에게 선망의 대상이었을 것이다. 주변에선 모두 그 사람들에게 잘 보이려고 애쓰고 조금이라도 그들과 가까워지려고 온갖 수단과 방법을 동원했을 것이다. 주변에서 이러한 시선이 없었다면 그 자리까지 올라가지 못했을 것이다.

나는 경제적으로 우리나라를 이끌어나가는 기업인들, 정치적으로 나라를 위해 국민들의 세금을 먹고사는 정치인들, 실제로 피땀 흘려 생계를 위해 밤낮으로 일하는 국민들 모두 이런 생각으로부터 탈피해야 한다고 생각한다. 지금은 사회 각계각층에서 이런 문화가 퍼져가는 것 같다. 군대에서도 이와 같은 변화의 물결이 시작되길 바란다. 남들이 부러워할 만한 성공의 자리만을 찾기보단 나만의 확고한 가치관을 지키며 나만의 비전을 따라 살아야 한다.

내 얘기를 하자면 나는 면제를 받고 군대에 가지 않아도 되는 사람이었다. 정말 많이 고민했다. '나라를 지킨다'는 의미에 대해서 말이다. 내가 군대에 가지 않아도 대학원을 가고 좋은 회사에 취직해 경제적으로 사회적으로도 우리나라에 도움이 되는 게 나라를 지키는 게 아닐까 하는 생각도 했다. 많은 고민 끝에 결국 군대에 가기로 결정했다. 그리고 군대에서 깊은 우울증에 빠지고 수많은 방황을 거쳐 책이란 걸 만나게 되었다.

책을 읽으며 독서의 매력에 빠졌다. 책 속에 있는 다른 사람들의 삶을 통해 내 자아를 찾아갔고 내 인생에 대해 생각했다. 그리고 나와 함께 있던 병사들과 우리 인생에 대해 사색하기 시작했다. 20대 초반의 청춘들이 모인 군대. 우리에겐 나라를 지켜야 할 국방의 의무가 있다. 국방의 의무는 군대에서만 지는 것이 아니다. 전역 후에도 우리는 무력도발을 하는 북한의 지도층뿐만 아니라 우리나라를 팔아먹고 자신의 이득을 취하려는 내부의 적에게서도 나라를 지켜야 한다. 나의 가치관과 철학이 확고하고 바른 비전을 품고 있을 때, 외부의 어떤 유혹과 공격에도 흔들리지 않고 나를 지키고 나라를 지킬 수 있다.

나는 스타트업에서 '세상을 이롭게 하는 이 시대의 한 사람'이라는 비전을 따라 살아가고 있다. 대기업, 많은 연봉을 좇지 않고 남들이 택하지 않는 이 좁은 길로 들어선 이유는 단 하나다. 수많은 책을 읽으며 내가 나라를 지켜야겠다는 사명감 때문이다. 젊은 청년들이 자신만의 비전을 가지고 살아갈 때 우리나라가 바로 서고 튼튼해질 거라는 믿음 때문이다.

정약용과 제자 황상의 이야기를 다룬 '삶을 바꾼 만남'이란 책이 있다. 그 책에 맛난 만남이라는 표현이 나온다.

'만남은 맛남이다. 누구든 일생에 잊을 수 없는 몇 번의 맛난 만남을 갖는다. 이 몇 번의 만남이 인생을 바꾸고 사람을 변화시킨다. 그 만남 이후로 나는 더 이상 예전의 나일 수가 없다.'

딱딱하게 느껴졌던 책이 군대 독서를 통해 나에게 맛난 만남처럼 느껴졌다. 수백 권의 책을 읽으며 맛난 만남을 경험했고 이 책들 덕분에 우리 병사들과의 관계도 맛난 만남이 되었다. 전역한 지금도 나의 맛난 만남은 계속되고 있다. 이 책이 당신과 나의 맛난 만남이 되어 당신의 인생의 새로운 출발점이 되었으면 좋겠다. 그리고 우리가 함께 성장하고 변화하여 우리나라를 지켰으면 한다. '만남은 맛남이다. 누구든 일생에 잊을 수 없는 몇 번의 맛난 만남을 갖는다. 이 몇 번의 만남이 인생을 바꾸고 사람을 변화시킨다. 그 만남 이후로 나는 더는 예전의 나일 수가 없다.

들어가며

독서가 있는 군대는 인생 최고의 황금기이다.

"군대에서 독서라고? 군대에서 무슨 독서야~ 독서는 사치야."

맞다. 독서는 사치다. 독서는 사람의 인생을 바꾸는 최고의 방법이다. 그런 최고의 방법을 군대에서 할 수 있다는 것은 사치이다.

우리는 수십억, 수백억의 확률을 뚫고 이 세상에 태어났다. 우리도 인생을 변화시킬 사치를 즐길 때가 왔다.

20대를 맞이하며 부푼 꿈을 품고 사회로 뛰어든다. 현실이란 벽에 이내 부딪힌다. 일 년, 이 년이 지나고 군대를 간다. 군대에서 많은 걸 생각하고 깨달을 것 같지만 전역 후에도 마찬가지다.

나는 ROTC였다. 장교로 군대에 갔다. 십자인대가 끊어져 가지 않아도 되는 상황이었지만 꿈이 있었다. 후보생 2년 동안 가슴에 품었던 꿈... 하지만 현실은 달랐다.

인생의 황금기라고 부르는 20대. 젊은이들은 가장 가치 있게 시간을 보내야 할 그때에 인생을 낭비한다. 그중에서도 가장 젊고 에너지가 넘칠 때 군대를 간다. 군대에서도 시간 낭비는 계속된다.

'남자는 군대에 다녀와야 철이 든다.' 말 그대로 옛말이 된 지 오래다. 군대에 다녀와도 철이 들지 않는다. 군대에서는 사회에서 경험할 수 없는 고된 훈련을 한다. 정들었던 집을 나와 2년이라는 시간 동안 외로움을 이겨내야 한다. 이런 어려움 속에서 자신과의 대화를 하며 자아를 찾아갔던 옛 어른들의 군 생활. 지금은 사라진 지 오래다.

나를 찾아가는 혼자만의 시간은 없다. 고립된 군대에서도 끊임없이 인터넷과 SNS로 세상의 소식에 빠져 산다. 나의 미래를 생각하며 진지하게 고민하는 시간도 없다.

남은 날짜를 세며 TV 리모컨을 붙잡고 인스턴트 웃음만 흘러보낸다. 하루 이틀이 지나가고 오지 않을 것 같던 전역 날짜가 다가온다.

전역이 피부로 다가올 때, 어렴풋이 입대할 때 했던 다짐이 떠오른다. '군대에서 생각도 많이 하고 꿈을 찾는 시간을 보내야지!'

전역 신고를 마치고 위병소를 나서며 곰곰이 생각한다. 지난 2년이라는 시간 동안 달라진 것 없는 자신을 보며 한숨을 내쉰다.

어쩌면 나의 군 생활이었을지 모른다. 하지만 나는 감사하게도 독서를 통해 의무복무기간을 내 인생을 바꾼 황금기로 만들었다. 고립된 그곳, 모든 행동이 통제된 그곳에서 유일하게 자유로웠던 나의 생각.

내 몸은 강원도 산골짜기에 있었다. 반면 나의 생각과 마음은 전 세계를 누비며 수십 년, 수백 년을 거슬러 올라가며 활개 치고 있었다.

책과 하는 여행을 통해 나를 찾아가기 시작했다. 다른 사람의 이야기를 읽으며 진짜 나를 찾을 수 있었다. 나는 접하지 못한 그들의 경험, 내가 할 수 없었던 그들의 생각을 읽었다. 이런 경험을 통해 내 가슴 속에서 말하는 진짜 내 인생을 꿈꾸게 되었다. 남들은 시간 낭비만 하다 끝나는 군대에서 나는 내 인생을 바꿨다. 그리고 나와 병사들, 우리의 인생을 바꿨다.

청춘이라는 빛나는 보석...

언제까지 쓰레기 더미에 묻어만 둘 것인가?

인생을 바꾸는 군대 독서, 지금 시작해라.

그대, 스스로 메신저가 되라

독서에 처음 발을 들였을 때 구본형 선생님의 '그대 스스로를 고용하라'를 읽고 한가지 프로젝트를 시작했다. 바로 1000일 프로젝트. 1000일 동안 나는 내 주변이 인정하고 사회가 인정할 정도의 어떤 사람이 되겠다고 다짐했다. 사실 이 책은 내가 세웠던 1000일 프로젝트의 목표이기도 하다. 나를 변화시키고 남을 변화시키고 내가 있는 지역 사회에 이바지하고 우리나라 전체에 선한 영향력을 끼치는 꿈을 꿨다. 내가 한 건 꿈을 꾼 것밖에 없었는데 지금 내 삶은 실제로 꿈처럼 살아가고 있다. 다음 책에서 이야기할 내용이지만 이번 개정판에 그 이야기를 조금 담으려고 한다.

겨우내 쌓였던 눈이 천천히 녹기 시작하는 강원도 인제에서의 4월이었다. 겨울과 봄의 교차점에서 나는 내 인생의 혁신을 꿈꾸게 할 책을 만났다. 구본형 선생님의 '그대 스스로를 고용하라'. 한국에서 평범한 정규교육과정을 받아온 나는 대학교를 졸업할 때까지 취직 말고는 다른 길을 생각해 본 적이 없다. 좋은 대학을 가기 위해 학창시절을 보냈고 대기업 취직을 위해 대학 생활을 보냈다. 이런 나의 삶을 송두리째 흔들어 놓은 한 문장이 이 책 서문에 나온다.

"리스크의 개념은 '상실할 가능성'에서 '얻을 수 있는 기회'로 전환하게 되었다. 진정한 실업은, 지금 봉급을 받을 수 있는 일자리를 가지지 못한 것이 아니라, 미래의 부를 가져다줄 자신의 재능을 자본화하지 못하는 것이다."

이 한 문장은 내게 신선한 충격이었다. 나는 왜 단 한 번도 이런 생각을 해보지 못한 것일까? 내가 찾지 못한, 알지 못했던 나의 재능이 있지 않을까? 나의 가치가 겉으로 보이는 대학과 전공이 아닌 내 안에 숨겨진 나의 재능으로 평가받을 수 있을까?

서문의 마지막 부분, 구본형 선생님이 내 옆에서 직접 말을 하는 것처럼 들린 한 문장이 있다.

"몇 시간이면 책은 다 읽을 것이다. 책을 덮은 그 날부터 '3년간의 자기 혁명 프로젝트'를 기획하고 실천하라. 이 작업은 지친 당신의 즐거움이 될 것이며, 활력소가 될 것이다. 당신은 삶의 열정을 되찾을 것이고, 헌신의 의미를 알게 될 것이다."

나는 궁금했다. 내가 3년이라는 시간 동안 얼마나 버틸 수 있을 것인가? 어느 수준까지 변할 수 있을 것인가? 나라는 사람은 얼마만큼의 영향력이 있는 사람인가? 이 질문에 대한 답 역시 책 속에서 찾았다.

'그대 스스로를 고용하라'에 세 가지 수준의 변화에 대해 나온다.

"형태만 변하는 것은 변형(transformation), 성질이 바뀌는 것은 변성(transmutation), 본질이 바뀌는 것을 변역(transupstantiation). 예를 들어 포도를 가지고 즙을 짜서 먹으면, 이는 변형이다. 형태는 바뀌었지만 성분은 같기 때문이다. 그러나 포도를 가지고 포도주를 만들어 내면, 이는 변성이다. 성분이 바뀌었기 때문이다. 만일 사람이 포도주를 먹고 취해 버리면, 이는 변역이다. 평소에 그가 가지고 있던 기능과 역할을 잊고 다른 사람이 되기 때문이라는 것이다."

나도 이렇게 변화하고 싶었다. 책을 읽지 않던 내가 책을 읽는 행위를 통해 변형을 이끌어 내고, 지속적인 독서를 통해 내 생각 자체가 변하는 변성을 겪고 싶었다. 마지막으로 독서를 통해 아예 다른 사람으로 거듭나 새로운 인생을 사는 변역의 단계까지 나는 도전하고 싶었다.

2015년 5월 1일 나는 '그대 스스로를 고용하라'를 다 읽고 덮었다. 단순히 책을 읽는데 그치지 않고 내 삶을 바꾸고 싶었다. 새로운 삶을 갈망했고 힘들겠지만 내 인생을 새롭게 꾸려나가고 싶었다. 이날부터 나는 책을 읽으며 느낀 것 중에서 두 가지를 삶으로 실천했다. 하나는 '3년간의 자기 혁명 프로젝트'. 다른 하나는 '벤자민 프랭클린의 기도'이다.

'3년간의 자기 혁명 프로젝트'는 3년 동안 내가 원하는 수준의 사람이 되는데 필요한 계획과 전략, 단계들을 설정한 프로젝트다. 나는 3년보단 1,000일에 집중하기로 했다. 1,000일을 목표로 일단 도전했다. 1000일을 250씩 4단계로 나눠 나 스스로가 성장하는 기간이라고 목표를 잡았다. 기간별로 개인, 주변, 지역사회, 우리나라를 목표로 선한 영향력을 끼치겠다고 목표를 잡았다.

두 번째로 '벤자민 프랭클린의 기도'를 따라 하기로 했다. 구본형 선생님은 '벤자민 프랭클린의 기도문'을 따라 자신의 기도문을 적고 매일 기도했다고 한다. '그대 스스로를 고용하라'에 이렇게 나와 있다.

미국의 과학자이며 정치가인 벤자민 프랭클린은 50년 동안 매일 같은 기도를 했다고 한다.

"전능하사 만물을 주관하시는 주님, 저를 인도해 주십시오. 제가 진정으로 바라는 것이 무엇인지 알아낼 수 있는 지혜를 허락해 주십시오. 이 지혜가 저에게 명하는 것을 실천할 수 있도록 저의 결심을 더욱 강하게 만들어 주십시오. 저를 향한 당신의 끝없는 사랑에 대한 보답으로, 제가 다른 사람들에게 보내는 진심 어린 기도를 허락해 주십시오."

– 그대 스스로를 고용하라 p.97

나는 벤자민 프랭클린의 기도를 따라 장재훈의 기도를 적었다.

"세상을 만드시고 나를 만드신 하나님 아버지, 나를 인도해 주세요. 하나님이 나를 통해 이루시고 만들어가길 원하시는 나라를 바라볼 수 있는 지혜를 주세요. 당신의 뜻과 계획안에서 내가 성장하길 원합니다. 세상이 원하는 것을 좇아가는 삶이 아닌 하나님이 원하는 삶을 살아가길 원합니다. 십자가를 따라 살아가는 나의 인생길에서 좁은 길을 걸을 때 넘어지더라도 다시 일어날 힘을 주세요. 내 마음이 어려워지고 메마를 때마다 한없는 아버지의 사랑을 부어주셔서 은혜로 매일매일 살아내게 해주세요. 하나님의 손길이 필요한 곳에 나의 지식, 물질, 사랑이 흘러가도록 항상 그들을 위해 기도할 수 있는 마음을 허락해주세요."

1,000일간의 자기 혁명 프로젝트를 하는 동안 매일 새벽 나는 이렇게 기도했다. 이 기도를 하며 버티고 버텼다. 다른 그 어떤 것도 이겨내며 스스로 지금의 위치까지 걸어왔다. 1000일 프로젝트라는 목표와 그 목표까지 걸어갈 힘을 준 간절한 기도. 1000일이 지난 지금 내 인생은 상상하지 못할 정도로 많은 것이 바뀌었다. 이 책은 내가 얼마나 치열하게 1,000일을 살아왔는지에 대한 작은 증거다.

1,000일이라는 시간이 지났다. 아니 쌓았다. 1,000일이라는 기간 동안 나는 하루하루를 쌓았다. 2015년 5월 1일 쌓기 시작한 하루하루를 쌓았더니 2018년 1월 24일 1000개의 하루를 모두 쌓았다. 이 시간을 통해 완전히 새로운 사람으로 거듭나 변역의 단계까지 올라갔다. 이전에 나를 알던 사람은 그동안 무슨 일이 있었냐고 물어보았다. 함께 사는 가족들조차 예전의 나의 모습을 떠올리며 지금의 내 모습이 신기하다고 했다.

1,000개의 하루를 쌓으면서 나는 군대를 누구보다 보람있게 보냈다. 전역 후에는 남들과 다른 길을 걸었고 내 이름으로 된 책을 냈으며 스타트업에 도전했다. 처음으로 아이디어를 실현해 돈을 벌어봤고 많은 사람에게 선한 영향력을 끼치며 살고 있다.

'자기 혁명 프로젝트'가 끝나갈 무렵 한가지 고민이 생겼다. What is your next step? 첫 번째 프로젝트가 끝나고 다음은 무엇을 위해 살아가지? 한동안 고민을 하던 도중 '그대 스스로를 고용하라' 다음으로 내 인생의 방향을 잡아준 Book극성을 찾았다. 바로 '메신저가 되라'. 지금은 절판되어 중고로 비싼 가격에 살 수 있는 이 책이 내게 준 메시지는 무엇일까?

복음을 전해야 한다는 사명을 가진 크리스천으로서 선한 영향력 (Good News)을 전해야 한다는 부담감이 항상 내 마음속에 있었다. 하지만 선한 영향력을 전하기만 한다고 내 삶에 도움이 될까? 기본적으로 내가 먹고 살아야 하는 문제들은? 등등의 많은 고민이 있었다. 하지만 '메신저가 되라'를 통해 나는 해답을 찾았다.

이 책에서 한 사람의 인생이 얼마나 가치 있는 메시지를 담을 수 있는지 그 메시지를 통해 얼마나 많은 사람들에게 선한 영향력을 끼칠 수 있는지 보여준다. 또한 이러한 메신저의 삶을 통해 경제적인 풍요로움까지 얻을 수 있는 방법을 제시한다. 메시지가 인정받고 한 사람의 가치가 대접받는 시대가 온 것이다.

지난 1,000일을 살아오며 가장 크게 깨달은 것이 하나 있다. 내 인생에서도 누군가에게 도움을 줄 수 있는 메시지가 있다는 것이다.

SNS를 통해, 책을 통해, 강의와 코칭, 컨설팅을 통해 나의 삶을 나누고 전했다. 한 청년의 짧은 삶을 나눴을 뿐인데 많은 사람들이 감동을 받고 희망을 보았다고 했다. SNS에 올린 글에 남긴 사람들의 댓글을 통해 강의를 마치고 따로 연락을 주시는 분들의 이야기를 듣다 보면 '아 정말 나의 인생을 통해 전하는 선한 메시지가 다른 사람들에게 힘이 되는구나'라는걸 느낀다.

그래서 나는 결심했다. Next 1,000 days. 나는 메시지와 메신저의 역할에 대해 집중할 것이다. 나의 삶이 메시지로 누군가에게 도움이 되기 위해선 누구보다 향기롭게 살아내야 한다. 내 인생의 본질을 찾고 나만이 할 수 있는 그 무언가를 찾아 갈고 닦아야 한다. 그리고 나의 삶을 다른 사람에게 전하는 메신저의 역할에 충실해야 한다.

'그대 스스로를 고용하라'를 읽고 나는 다른 누군가에게 소속되고 구속되는 삶이 아닌 나 스스로 주체가 되어 살아내고 독자적으로 삶을 계획하는 힘을 길렀다. '메신저가 되라'를 읽고 나는 내 인생의 비전과 꿈을 확고하게 갈고 닦으며 내가 실제 세상을 살아가는데 필요한 기술과 지혜들을 갈고 닦고 내 삶을 세상에 전하는데 힘 쓸 것이다. 이렇게 씨앗 도서로 Book극성 삼아 나의 삶의 방향을 정하니 나는 요즘 청년들과 조금 다르게 살아갈 수 있게 되었다. 높아만 가는 실업률을 신경쓰지 않아도 되고 무엇을 할지 고민하지 않고 오히려 항상 해야할 일들을 쌓아놓으며 하루하루를 즐겁게 살아가고 있다. 때론 힘들때도 있고 남들이 보기에 초라한 모습도 있지만 내 비전과 꿈을 찾아가는 과정이 나는 누구보다 행복하다. 태어나서 처음으로 나 장재훈이라는 삶을 제대로 살아간다는 기쁨도 매일 느끼며 살아간다.

지난 1,000일간 형태만 변하는 변형(transformation), 성질이 바뀌는 변성(transmutation), 본질이 바뀌는 변역(transupstantiation)의 과정들을 지내왔다. 지금 나는 이전에 생각할 수 없었던 행복과 평안 속에서 매일의 삶을 즐기고 있다. 이것이야말로 진짜 인생을 사는 것이라는 걸 느끼며 말이다. 나는 다음 1,000일동안 새로운 변형, 변성, 변역을 꿈꾸며 또 다른 장재훈을 만들어 갈 것이다. 그러면서 정말 내 인생에 대해 고민하고 내 안에 숨겨진 보석을 찾아나갈 것이다.

나는 이런 삶이 너무 행복하다는 것을 실감했다. 동시에 이런 삶을 많은 청년들이 살았으면 하는 간절한 마음이 생겼다. 이 책을 통해서 지금까지 숨겨진 진짜 당신의 인생을 찾아가는데 첫 걸음이 되었으면 좋겠다. 마지막으로 어떻게 인생을 살아가야할 지 고민하는 청춘들에게 나는 이 말을 하고 싶다.

'그대, 스스로 메신저가 되라'

2018년 1월 24일 1,000번째 마지막 계단에서

새로운 첫 번째 계단을 준비하며

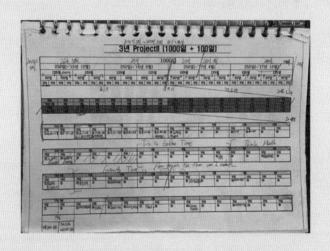

목차

Chapter

01

군대에서
웬 독서?

01
여전할 것인가 역전할 것인가

'스트라파도(날개 꺾어 거꾸로 매달기)' 고문은 밧줄로 죄수의 두 팔을 뒤로 묶어 공중에 매달았다가 대리석 바닥으로 떨어뜨리는 고문이다. 절대 흔들리지 않을 것 같던 사보나롤라 수도사조차 '스트라파도' 고문 한 번에 자신의 죄목을 술술 불 정도였다. 마키아벨리는 감옥에 있는 22일 동안 '스트라파도(날개 꺾어 거꾸로 매달기)' 고문을 여섯 번이나 당하고 살아남았다. 단순한 감옥이 아닌 이렇게 가혹한 고문을 받으며 갇혀있던 마키아벨리는 도대체 감옥에서 무슨 생각을 한 걸까. 특별사면으로 감옥에서 나오자마자 아무도 없는 마을에 은둔하며 책을 써냈다. 손꼽히는 고전 중에서 니콜로 마키아벨리의 군주론은 근대 정치사상의 최고 고전이다. 얼마나 귀한 이야기가 담겨있기에 교황청의 금서 목록에 들어간 걸까?

빅터 프랭클은 지옥 같은 죽음의 수용소 아우슈비츠에서 3년이라는 세월을 꿋꿋이 견뎌냈다. 미래도 목표도 희망도 없는 상황에서 아무도 생각하지 못했던 '삶의 의미'를 생각하며 죽음의 세월을 버텨냈다. 모두가 죽어 나가는 상황속에서도 생각과 마음을 놓치지 않았던 빅터 프랭클은 제2차 세계대전이 끝나고 아우슈비츠에서 나와 실제로 자신이 생각했던 그림대로 살아낼 수 있었다. 그리고 자신이 아우슈비츠 수용소에서 생각한 것들을 정리해 전 세계적으로 1억 권이 팔린 '죽음의 수용소에서'를 펴낸다. 김대중 대통령도 여러 차례 감옥 살이를 했지만 "생전 읽고 싶은 책을 맘껏 읽을 수 있다면 감옥에라도 가고 싶다" 말할 정도로 감옥에서 독서를 하며 사색하는 시간에 대한 소중함을 잘 알고 있었다.

이들은 감옥에서 무슨 생각을 했던걸까? 감옥에서 이런 생각을 하게 된 이유가 있을까? 삶이라는 곳과 동떨어진 곳인 감옥. 고립된 장소, 억압된 자유, 수동적인 삶의 태도 등 많은 부분이 우리의 일상과 다르다. 이 곳에서 유일하게 지킬 수 있는 생각과 마음. 어쩌면 내게 가진 마지막이 생각과 마음이기에 그것만큼은 반드시 지키려 애써 갈고 닦았을지 모른다.

군대와 감옥은 억압된 자유라는 공통점이 있다. 나라를 지킨다는 자부심과 내가 왜 이곳에 있어야 하는지 존재 이유를 망각하는 순간 군대와 감옥은 똑같이 느껴진다. 대부분의 병사들이 군대는 시간 낭비라고 생각한다. 실제로 많은 시간 낭비를 하기도 한다. 실제로 내가 그랬다. 장교로서 군 생활했지만 처음엔 감옥 같다는 느낌이 들었다. 일과가 끝나면 부대를 나와 간부 독신자 숙소로 퇴근했다. 다음날 아침까지는 내 맘대로 무엇이든 해도 좋다. 하지만 할 수 있는 게 없었다. 아침이 다가오고 다시 출근 버스를 타고 부대로 들어간다. 평일에 이런 생활을 반복하고 주말 또한 마찬가지였다. 아무 의욕도 없었다. 꿈도 미래도 생각하지 못했다. 흘러가는 대로 상황에 맞게 살아갈 뿐이었다.

창살은 없었지만 사방이 산으로 둘러싸인 강원도 인제의 산골짜기에서 내가 느낀 건 답답함 뿐이었다. 그곳은 나에게 감옥과도 같았다. 6평짜리 방에서만 주말을 보내며 몸도 마음도 억압되어 있었다. 아무 의욕도 희망도 없던 그때, 내 인생의 바닥이 있다면 바로 지금일 것이라고 생각했던 그때, 나는 생각했다. 이대로 살 순 없다고.

감옥에 갇혀 지낸 수감자처럼 절박한 마음으로 생각을 하고 책을 읽기 시작했다. 간절한 마음 때문일까? 하루하루 달라지는 내 모습이 보였다. 책이라는 기준으로 내 생각과 마음을 지키려 노력하니 실제로 생각과 마음의 방향이 잡히기 시작했다. 더 이상 상황에 따라 생각하지 않았다. 생각을 통해 상황을 바꿔나갔다. 어느 상황에서도 내 마음을 지키며 힘든 상황에도 꿋꿋이 이겨나갔다. 조금씩 밝은 빛이 내 삶에 들어오기 시작했다. 내게 비친 빛은 주변 병사들에게도 전해지기 시작했다.

우리는 함께 생각하고 책을 읽었다. 우리가 이토록 간절한 적이 있었을까? 우리가 이토록 독했던 적이 있었을까? 지금까지 이렇게 뜨거워 본 적도, 간절하게 무언가를 해 본 적도 없었다. 벼랑 끝에서 매달려 다시 살아내고자 발버둥 치는 사람들처럼 아등바등하며 끝까지 희망의 실마리를 놓지 않았다.

빅터 프랭클은 '죽음의 수용소에서' 이렇게 말했다.

그 진리란 인간에게 모든 것을 빼앗아갈 수 있어도 단 한 가지, 마지막 남은 인간의 자유, 주어진 환경에서 자신의 태도를 결정하고, 자기 자신의 길을 선택할 수 있는 자유만은 빼앗아갈 수 없다는 것이다. 수용소에서는 항상 선택해야 했다. 매일같이, 매시간 결정을 내려야 할 순간이 찾아왔다. 그 결정이란 당신으로부터 당신의 자아와 내적인 자유를 빼앗아가겠다고 위협하는 저 부당한 권력에 복종할 것인가 아니면 말 것인가를 판가름하는 것이었다.

당신으로부터 당신의 자아와 내적인 자유를 빼앗아가겠다는 존재는 누구인가? 그 누구도 없지만 당신은 무언가에 당신의 자아와 내적인 자유를 빼앗기고 있다. 아니 단 한 번도 어떤 상황으로부터 당신의 자아와 내적인 자유를 지켜보려고 하지 않았을 것이다. 지금까지 우리에겐 나만의 것을 지켜야 하는 간절함이 필요 없었다. 이젠 다른 상황이다. 2년이라는 시간은 짧으면서도 무척 길고 긴 시간이다. 그것도 20대 초반에 보석같이 빛나는 시기의 2년은 무척 값진 시간이다. 간절해야 한다. 당신을 바꿀 수 있는 마지막 기회이다. 지금을 놓치면 당신의 자아와 내적인 자유를 위해 사색하고 갈망하고 도전하는 시기는 아마 없을 것이다.

군대에서 겪은 우울증이 나에게 준 유일한 선물은 간절함이다. 바꾸고 싶다는 간절함, 이 바닥에서 일어나고 싶다는 간절함, 빛을 보고 싶다는 간절함. 그 마음으로 책을 읽었다. 군대 밖에서는 경험해보지 못했던 간절함을 군대에서 느꼈다. 그 간절한 마음 덕분에 내 삶이 바뀌었다. 평생 책을 읽어본 적도 없는 병사들도 이 간절함 덕분에 책을 읽었다. 꿈이라는 단어를 생각할 겨를도 없이 20년을 넘게 살아온 병사도 꿈이란 것을 생각해보는 간절함이었다.

죽음의 수용소에서 매 순간 자신이 선택한 생각을 하고 자신이 지키고자 한 자유를 지킨 빅터 프랭클은 실제로 죽음에서 벗어나 자유라는 삶을 얻었다. 우리 삶에서도 마찬가지다. 매일, 매시간 선택의 순간들을 맞닥뜨린다. 그 선택으로 우리의 삶은 결정된다. 이 선택에 따라 우리의 삶은 여전할 수도 있고 역전할 수도 있다. 당신은 군대와 같은 시련 속에서 어떤 선택을 할 것인가? 지금까지 살아온 모습 그대로 여전히 살아갈 것인가 아니면 이제부터라도 매 순간 자신의 생각대로 주관대로 미래를 만들어 가며 살아갈 것인가?

이 책을 읽고 있는 지금 이 순간도 선택의 갈림길에 서 있는 당신. 여전한 삶을 살아갈지 역전하기 위한 삶을 살아갈지 그 선택은 당신의 손에 있다.

02
우리의 인생을 바꾼 군대

"전방십자인대 완전 파열입니다."

하늘이 무너지는 것 같았다. 장교로서 군대에 가기 위해 누구보다 열심히 훈련에 임하고 군사학 공부도 열심히 했던 나에게 눈앞이 막막해진 순간이었다.

'면제를 받고 대학원을 갈까?'
'빨리 취직을 할까?'

많은 고민 끝에 수술을 미루고 군대에 갔다. 장교 계급장을 받고 군대에 간 지 1년이 되는 날, 나는 아직도 제대로 적응하지 못한 병아

리였다. 업무야 무리 없이 했지만 내 마음은 군대에 갓 들어온 이등병처럼 방황 중이었다. 지난 1년간 많은 일이 있었다. OBC(초등군사교육)에서 모든 훈련을 열외 없이 받았다. 이 악물고 버텼건만 내 무릎은 더 나빠지고 있었다. 자대에 와서 두 달이 지나고 더 이상 미룰 수 없어 수술을 받았다. 수술을 받기 위해 병가를 냈다. 한창 인수인계 받아야 할 시기에 한 달이 넘게 누워있었다. 몸은 아무것도 할 수 없었고 머릿속은 온통 걱정뿐이었다.

누구보다 군 생활을 잘 하겠다는 목표로 군대에 왔다. 현실은 부대에 도움이 안 되는 초급 장교였다. 한 달이 넘게 자리를 비우고 부대로 복귀하니 해야 할 것들은 산더미였다. 나의 빈자리를 선배 혼자 고생하며 채우고 있었다. 차근차근 일을 배울 여유도 없었다. 내가 없던 동안 고생했을 선배를 생각해서라도 내가 스스로 찾아서 배우고 공부하며 일해야만 했다. 하루하루 겨우 버텼다. 부대에 더 폐를 끼치면 안 되니 큰 실수만 하지 말자는 생각으로 살았다. 일하는 기계처럼 살았다. 매일 야근하고 집에 돌아와 바로 잠들었다. 나를 생각할 틈이 없었다. 꿈과 열정은 하나도 없이 억지로 군대에 온 병사들처럼 전역 날짜만 세고 있었다. 밤마다 눈을 감고 생각했다.

'군대에 왜 왔을까? 분명 나에겐 군대에 가지 않아도 되는 선택의

기회가 있었는데… 이러자고 군대에 온 걸까?'

매일 같은 질문을 던지며 강원도 인제에서 첫 번째 겨울을 보냈다.

2015년 3월, 강원도 겨울의 끝자락에서,
"재훈아, 사령부에 독서 코칭 교관 교육 좀 갔다 와~!"
강원도 인제 산골짜기에 있던 우리 부대는 사령부와 2시간 거리
였다. 사령부에 다녀오는 날은 야근하는 날이다. '독서 코칭 교관 교
육… 내가 꼭 가야 하나? 군대에 와서 책은 읽어본 적도 없는데…'
책과 거리가 멀었지만 막내였던 나는 어쩔 수 없이 교육을 받으러 갔
다. 선배들에게 등 떠밀려갔던 교육. 우연한 기회였다. 이날이 내 인
생에서 두 번째 터닝포인트가 되는 날이라는 것을 깨달은 건 몇 개월
뒤였다. 꼬불꼬불 산길을 달려 인제에서 원주까지 2시간 동안 달려갔
다. 원주에 있는 사령부에서 오랜만에 동기들을 만났다. 역시 내 동
기들도 나처럼 막내라는 이유로 교육을 들으러 왔다.

"올~ 장재훈 중위~!"

며칠 전 중위로 진급해서 다들 들떠있다. 모두 자기 부대 자랑에
여념이 없었다. 강원도 구석구석에서 열심히 군 생활하던 동기들. 이

젠 제법 자신들의 업무에 자신 있는 모습이었다. 하루하루 간신히 버티는 나와 다르게 적응도 잘 하고 열심히 하는 모습이었다. 씁쓸한 미소를 지으며 강의를 듣기 시작했다. 강사님이 소개하셨다. 새벽에 대구에서 출발해 원주까지 오셨다고 했다.

'군인들에게 독서법을 강의하러 그 먼 거리를 오셨다고? 그것도 재능기부로?'

이해가 되지 않았다. 군인들에게 얼마나 좋은 이야기를 하려고 여기까지 오셨을지 궁금해졌다. 마음을 열고 교육을 듣기 시작했다. 지금까지 학교나 군대, 유튜브를 통해 많은 교육과 강의를 들었지만 그때만 좋았지 시간이 지나면 다 잊혔다. 이번엔 달랐다. 형식적인 교육일 거라 생각했던 시간이 내 인생을 송두리째 바꿨다.

'책을 저렇게 읽는다고? 신기하네…'
'나도 저런 방법으로 책이나 한번 읽어볼까…'
'책을 읽어야겠다! 나도 저분처럼 인생 좀 바꾸고 싶다!'

강의를 듣는 동안 내 마음은 뜨거워졌다. 오랜만에 느껴보는 열정이었다. 이 열정을 오래 간직하고 싶었다. 실행으로 옮겨 삶을 바꾸

막내라는 이유만으로 참석했던 교육, 내 인생을 바꾼 교육

고 싶은 마음이 어느 때보다 강했다. 아니 처음 느껴보는 간절함이었다. 강의 내용 중 나왔던 책 두 권과 시간 관리를 할 수 있는 바인더를 인터넷으로 바로 주문했다. 이것저것 샀더니 10만원이 넘었다.

장교 독신자 숙소에 혼자 살면서 돈을 모으려고 그렇게 좋아하던 치킨도 안 먹고 자린고비처럼 살았다. 그런 내가 자기계발에 10만 원이 넘는 돈을 쓰다니… 그만큼 간절했다. 주말이 지나고 책이 도착했다. 단숨에 읽어 내려갔다. 밤을 새우고 부대에 출근했다. 어제까지만 해도 아무 의욕 없이 출근하던 부대였는데 완전히 다르게 보였다.

며칠 동안은 다른 사람 같았다. 열정이 식지 않았다. 하지만 작심삼일이라는 말은 나와 뗄 수 없는 말이었다.

'하… 괜히 샀다…'

의욕은 넘쳤지만 책만 읽고 내 열정을 유지하기엔 어려웠다. 내용이 어려운 것도 있었지만 내 마음의 온도가 아직 새로운 습관을 만들기에는 부족했다. 한 달 뒤 강릉에 강사님이 한 번 더 오신다는 공문을 봤다.

'이미 들었던 교육인데 하루라는 시간을 투자해서 또 들으러 가야 하나?'

고민하다 지휘관에게 보고했다. 이미 들었던 교육이라 고민하셨지만 나의 간절함이 전해졌는지 허락해 주셨다. 강릉에서 들었던 두 번째 교육은 첫 번째 교육보다 구체적이었다. 군대에서도 꿈을 꾸고 책을 통해 변화할 수 있다는 걸 가슴으로 느낀 시간이었다. 그동안 내 머릿속에는 확신이 없었다. 강릉에서 교육을 듣고 나는 확신이 생겼다. 나도 할 수 있다는 확신, 우리 부대도 변할 수 있다는 확신, 장교라는 길을 선택한 걸 후회하지 않을 확신이 가슴에 가득했다.

'여기서 더 이상 뒤로 물러설 수 없다. 재훈아!'

우리 부대 병사들의 눈빛이 떠올랐다. 의욕 없이 하루하루 살아가는 병사들, 나 또한 그들과 다르지 않았다. 간절했다. 나도 살고 싶었고 병사들도 같이 살리고 싶었다. 부대로 복귀하는 길. 조침령을 넘어오며 생각해봤다. 깊은 산골짜기에 있는 부대, 철조망에 둘러싸여 고립된 생활을 하는 군인. 아무리 생각해도 군대에서 의미 있는 시간을 보내는 방법은 독서밖에 없었다. 강사님이 강의하신 '본깨적' 독서법에 대해 더 자세히 배우고 싶어서 교육과정을 찾아봤다. 다음날부터 휴가였는데 마침 서울에서 교육이 있었다. 토요일 하루에 8시간을 진행하는 교육이었다. 교육이 있기 하루 전이었지만 전화해서 자리가 있냐고 물어봤다. 다행히 몇 자리가 남아 신청할 수 있었다.

박대호 대표의 두 번의 교육, '본깨적' 저자 박상배 본부장의 교육을 통해 독서로 변한 사례들을 보니 꿈이 생겼다. 우리 병사들과 독서모임을 만들고 독서모임을 통해 우리의 꿈을 찾고 이루어 가고 싶은 마음이 들었다. 이 작은 꿈이 나의 군 생활을 바꿨고 내 인생을 바꿨다. 독서라는 기회조차 붙잡지 못했다면 나는 지금도 꿈만 꾸는 인생을 살았을 것 같다.

십자인대 수술을 미루며 군대에 올 때는 나와 함께하는 병사들에게 선한 영향력을 끼치겠다는 꿈을 품었다. 하지만 현실은 달랐다. 군대에 오니 내가 너무 힘들어 병사들에게 선한 영향력을 끼치기는커녕 그들처럼 전역 날짜만 하루하루 세고 있었다. 더이상 그러고 싶지 않았다. 지금부터라도 나와 함께하는 병사들에게 선한 영향력을 끼치고 싶었다. 의미 없던 삶도 그만 살고 싶었다. 답 없는 삶의 해결책은 독서라고 믿었다. 산골짜기에서 내가 할 수 있는 유일한 성장이 독서였다. 2015년 3월 14일 '성과를 지배하는 바인더의 힘'과 '본깨적' 을 시작으로 미친 듯이 책을 읽기 시작했다.

매일 새벽 성경 필사와 독서로 하루를 시작했다

이 날부터 2016년 6월 30일 전역까지 500권이 넘는 책들을 읽었다. 눈으로만 읽지 않았다. 책의 페이지마다 내 생각과 실천할 사항들을 기록하며 나만의 책을 만들었다. 책마다 본 것, 깨달은 것, 적용할 것을 구분해 기록했고 적용할 것에 기록한 내용을 실천하기 시작했다.

우연한 기회에 만난 한 권의 책 덕분에 꿈이 생겼고 꿈을 이루기 위해 살아갔다.

책을 읽고 결심한 첫 번째 실행이 바로 부대 내에서 독서모임을 만드는 것이었다. 많은 시행착오가 있었다. 좋은 의도로 독서를 권했지만 병사들에겐 귀찮은 일로 여겨졌던 것 같다. 병사가 지휘관에게 힘든 점을 토로하는 마음의 편지에 내가 강제로 책을 읽힌다고 적히기도 했다. 포기할까 생각도 했지만 나는 병사들과 함께 꿈을 키워나가고 싶었다.

어려움도 장애물도 많았고 넘어질 때도 있었다. 그럴 때마다 할 수 있다는 자신감보다는 두려움이 내 마음을 지배했다. 그래도 꿈을 포기할 순 없었다. 나만의 꿈이 아니었기 때문이다. 맡겨진 일도 제대로 못 하면서 쓸데없이 독서모임이나 한다는 소리는 듣기 싫었다. 솔직히 해도 그만 안 해도 그만인 독서모임. 갈등이 많았다.

가슴이 시키는 대로 가기로 결정했다. 가슴이 원하는 걸 하기엔 현실이 녹록지 않았다. 선배들이 다른 부대로 전출 가는 바람에 3명이 하던 일을 혼자서 해야 했다. 고군분투했던 1년 반. 짧은 시간이었지만 지나고 보니 내 인생에서 그때처럼 꿈과 가깝게 살았던 적이 없었다. 꿈을 꾸는 것 이상으로 꿈을 이루며 산다는 것이 어떤 느낌인지 가슴으로 느꼈다..,

'본깨적' 책에 적은 독서모임 꿈

'본깨적'을 읽으며 병사들과 함께 하고 싶은 독서모임을 책 속에 적었다. 명확한 목표를 적고 끝까지 포기하지 않았더니 병사들이 변하기 시작했다. 보였다. 온종일 함께 했던 병사들이 내 마음을 이해했다. 진심이 전해진 몇 명의 병사들과 함께 독서모임을 시작했다.

독서모임 이름은 '호랑나비'였다. 나로부터 비롯되는 선한 영향력의 줄임 말인 '나비'와 군대에 있는 남자들이 모인 독서 모임이므로 좋을 호, 사내 랑을 써서 '좋은 남자가 되어 나로부터 비롯되는 선한 영향력을 끼치자'라는 뜻의 독서모임이다.

독서모임 '호랑나비'를 계기로 우리 부대에는 독서 문화가 자리 잡기 시작했다. 꿈이 없던 청춘들이 책을 읽기 시작하니 작은 목표가 생겼다. 작은 목표를 이루기 위해 노력하니 꿈을 꿀 수 있는 용기가 생겼다. 꿈이 생기니 병사들의 생각이 달라지고 눈빛이 달라졌다. 독서 모임에 참여하지 않던 병사들도 책을 읽기 시작했다.

병장들은 전역을 앞두고 인생에 대해 진지하게 고민을 했다. 이전에 나는 그런 고민에 대해 명확한 대답을 해줄 수 없었다. 나도 내 인생에 대한 고민이 많았기 때문이다. 책을 읽기 시작하면서 내가 했던 고민에 대한 답을 찾았다. 그리고 '나는 이렇게 답을 얻었고 이런 고민이 이렇게 풀리는 것 같다.'라는 식으로 함께 생각을 나눴다. 고민에 대한 답이 아닌 내가 느낀 생각들을 나누니 병장들도 고개를 끄덕였다. 이렇게 점점 그들도 독서에 대한 마음을 열었다. 전입 신병 소개 교육을 맡았던 나는 신병이 올 때면 항상 책을 추천해줬다. 신병들은 힘든 군 생활을 이겨낼 힘이 필요했다. 대부분 아직 꿈이란 것이 없던 청춘들이었다. 그리고 앞으로 어떻게 살아가야 하는지 고민이 많았다.

나는 신병들에게 이 모든 답을 책에서 찾을 수 있다고 말했다. 이제 막 군대에 온 신병들은 유익한 군 생활을 하고 싶어 했다. 그래서인지 내가 추천해준 책들을 잘 소화했다. 이렇게 병장과 이등병에게 독서문화를 퍼뜨리니 중간에 있던 일병, 상병도 자연스레 책을 보게되었다. 우리 부대에 독서 열풍은 그렇게 찾아왔다.

"운영과장, 병사들이 책을 읽으니 발표 내용이 확실히 달라졌네."

비전발표대회를 마친 후 지휘관의 칭찬 한마디에 나는 속으로 소리를 질렀다. 반기에 한 번씩 시행한 비전발표대회. 독서 열풍이 병사들의 가슴에 비전과 꿈을 심어주었다. 포상 휴가를 위한 형식적인 발표에서 병사들의 진짜 꿈과 비전이 담긴 발표로 변해가는 걸 느꼈다. 행정병, 운전병, 창고병 등 각자의 업무에서 최선을 다했던 모습들을 말하고 군 생활을 자신의 비전의 한 조각으로 살아내는 병사들의 발표에 가슴이 뭉클했다. 꿈을 위해 매일 노력하는 모습을 곁에서 지켜본 나. 병사들의 발표를 들으며 한 명, 한 명의 노력이 눈앞에 그려졌다. 그리고 병사들에게 좋은 책을 하나라도 더 알려주기 위해 잠을 줄여가며 책을 읽었던 지난날이 떠올랐다.

당직 근무를 설 때면 함께 밤을 지새울 상황병들과 읽을 책들을 챙겨갔다. TV가 없었던 지휘통제실에서 밤을 지새우기 위해 우리가 할 수 있는 건 거의 없었다. 의미 없는 대화로만 시간을 보냈다. 책을 읽기 시작하면서 우리는 자연스레 밤새 책에 관해 이야기했다. 책을 읽기 전에도 병사들과 사이는 좋았지만 표면적인 관계였다. 책이 좋은 이유는 다른 사람의 마음 깊숙한 곳에 있는 이야기까지 꺼내 준다는 것이다.

나는 점심시간에 꼭 잠을 잔다. 새벽에 빠르면 3시에, 늦어도 5시에는 일어나기 때문에 중간에 잠을 자지 않으면 오후에 정신이 흐려진다. 언제부턴가 점심시간에 잠을 잘 수 없었다. 함께 근무를 서던 병사들과 몇몇 분대장은 나와 자주 대화를 했다. 이들과 나눈 이야기들이 퍼지면서 일과 시간 중에는 나를 찾아올 수 없던 병사들이 개인적으로 찾아왔기 때문이다.

독서에 관해서 물어보고 시간 관리하는 바인더에 관해서 물어봤다. 짧은 시간이지만 꿈과 비전에 관해서도 이야기했다. 나에게 꼭 필요한 휴식 시간이었지만 점심시간에 이렇게 찾아와 이야기하다 보면 그들의 눈빛에 내 피로가 싹 사라지는 듯했다. 이 모든 과정이 몇 개월 사이에 일어났다. 간절했던 만큼 독하게 살아냈다. 시간이 지난 지금 되돌아보면 함께 했던 병사들에게 참 고맙다. 짧은 시간 동안 우리가 겪었던 기적들은 함께 했기에 가능했다. 내가 한 거라고는 시작했다는 것. 그리고 길을 제시하고 보여줬을 뿐이다. 군대에서 그들의 가슴에 꿈이라는 씨앗을 심을 수 있는 환경을 만든 건 모두 그들 스스로였다. 세상이 보기에 아직 큰 기적은 아닐 수도 있다. 많은 변화 사례가 있던 것도 아니다. 하지만 분명한 건 강원도 산골짜기, 철조망에 둘러싸인 작은 부대에서 나는 기적을 보았다.

1년에 수십만 명의 청춘이 군대에 간다. 간혹 군대에서 자기를 돌아보고 많은 성장을 했다는 사람을 본다. 하지만 대부분은 군대에 대한 좋은 추억이 없다. 전역한 예비군뿐만 아니라 안 좋은 사건들로 인해 군대에 대한 국민의 신뢰도도 많이 떨어졌다. 그래도 우리나라를 지키는 곳은 군대다. 나는 군대가 물리적으로 나라를 지키는 곳이지만 정신적으로도 나라를 지키는 곳이 되었으면 한다. 대한민국의 중심이 될 20대 젊은 남자들에게 꿈과 열정을 심어주는 곳이 되는 군대가 되면 좋겠다. 병사들과 함께 책을 읽으며 군대에서 최고의 시간을 보냈다. 나와 우리 병사들뿐만 아니라 대한민국 군대에 있는 모든 군인이 우리와 같은 군 생활을 했으면 좋겠다. 아무나 할 수 없지만 누구나 할 수 있다. 결코 쉽지 않은 군생활이었지만 시간이 지금 다시 되돌아보면 고생할 만한 충분한 가치가 있는 군생활이었다.

'창업 국가(Start-up Nation)'

세계에서 창업 정신이 가장 높은 이스라엘을 일컫는 말이다. 그리고 내가 이 책을 써야겠다고 마음먹게 해준 책이다. 이스라엘과 비슷한 하지만 전혀 다른 대한민국. 지금까지 이스라엘이 성장하고 성공할 수 있었던 이유는 이스라엘만의 교육, 이른 결혼, 군대 경험 등 그들만이 가질 수 있던 환경적 요소에 있다. 의무복무 21개월이라는 시간. 무언가를 이루기에는 짧고, 아무것도 하지 않기엔 긴 시간이다. 하지만 내 인생을 이끌어줄 꿈과 비전이라는 씨앗을 심기에는 충분한 시간이다. 안 되는 원인 100가지를 보기보다 당신이 해야만 하는 단 한 가지 이유를 군대에서 찾길 바란다. 내 인생이, 우리의 인생이 군대에서 변하기 시작한 것처럼, 우리나라 군인들의 인생이 바뀌기 시작한다면 머지않아 이스라엘처럼 세계의 흐름을 주도하는 '창업 국가'가 될 것이다.

이 책이 당신에게 동네 뒷산처럼 가까이 있고 작은 결심으로도 쉽게 올라갈 수 있는 책이 되었으면 한다. 누구나 이 책을 읽고 작은 시작이라도 했으면 좋겠다. 내가 그랬듯이 우리 병사들이 그랬듯이 한 권의 책이 인생이라는 커다란 항해의 방향을 바꾸기 시작했으니까 말이다.

03
땅속에 감춰진 보물

스스로를 존중하는 마음

이게 있으면 어떤 상황에 처해도 행복할 수 있지 않을까?

여덟 단어, 박웅현

군대에서 장교로 복무하며 가장 많이 배운 건 사람에 대한 부분이
다. 많은 간부도 만나고 특히 병사들과 면담도 하고 함께 생활하며
사람 공부를 많이 했다. 나이는 몇 살 차이가 나지 않지만 '자리가 사
람을 만든다'라는 말처럼 운영과장이라는 자리에서 책임감을 가지고
병사들을 바라보니 확실히 배우는 것들이 많았다.

많은 병력을 관리하고 부대 전체 관점에서 운영하다 보면 병사 한 명에 관해 관심을 쏟지 못하는 경우도 생긴다. 하지만 부대의 운영을 책임지는 운영과장을 하다 보면 사소한 것까지 챙겨야 한다. 사소하지만 중요한 것들이 많기 때문이다. 그중 하나가 우편물 수발이다. 병사들이 손수 쓴 편지를 군단(상급부대) 우체국에 가서 부치고 부대로 오는 택배들을 받아오는 일이다. 주로 소대장 선배가 하던 업무였다. 소대장 선배가 있었을 땐 신경 쓰지 않던 일인데 부대 간부 편제가 줄어들고 결국엔 내가 그 일을 맡게 되었다. 물론 나는 지휘통제실이라는 곳을 항상 지키고 있어야 하는 운영과장이라 자리를 비울 수 없었다.

주간 행사 예정표를 확인하며 군단에 업무를 보는 간부가 있으면 우편물 수발을 부탁했다. 일주일에 최소 2번은 우편물 수발을 해야 한다. '군단에 들어갈 일이 없다', '우체국에 다녀올 간부가 없다' 등등 가지 못할 이유야 많지만 병사 복지에 관한 부분은 지휘관도 특별히 신경 쓰는 부분이라 반드시 챙겨야했다.

우편물을 받아온다고 끝이 아니다. 부대에 반입하면 안 되는 품목들이 있다. 상할 수 있는 음식, 디지털 기기 등 반입 금지 품목이 있고, 반입 가능한 물품이라도 검토를 받아야한다. 책 같은 경우도 성인잡지, 불온서적이 아닌지 보안담당관에게 검토를 받아야 한다. 우편물이 오면 나는 이상한 물품이 없는지 검사했다. 우편물을 검사하다 보면 우리 병사들이 얼마나 많은 사랑을 받는지 느낄 수 있다.

여자친구, 동생, 부모님, 교회 선배들에게 오는 택배를 보면 이들이 얼마나 귀한 존재인지 깨닫는다. 2015년 1월, 군대에서 택배로 대마초를 받아 대마초를 피우다 적발된 사건이 한창 시끄러울 때였다. 택배만 검사하다가 편지봉투까지 검사해야 하는 지경에 이르렀다. 인권 문제로 간부가 우편물을 뜯어볼 수가 없어 병사들을 지휘통제실로 불러 내가 보는 앞에서 편지봉투 안을 확인했다. 어느 날 편지봉투 하나가 유독 두툼했다. 설마 했지만 혹시나 하는 생각에 해당 병사를 바로 불렀다. 보는 앞에서 직접 뜯어보라고 했다.

두 장의 편지지 사이로 작은 폴라로이드 사진 몇 장이 있었다. 입대 전 마지막 데이트 때 찍은 사진을 여자친구가 우편으로 보낸 것이었다. 병사가 원래 갖고 있던 사진이 너무 커 지갑에 넣을 수 없자 작은 사이즈로 다시 보낸 것이다. 자대에 온 지 한 달도 안된 병사였다. 나는 아직도 그 병사의 미소가 눈에 선하다. 강원도의 겨울바람에 피부는 푸석푸석하고 입술은 부르터서 갈라져 있지만 여자친구 사진을 보고 벚꽃처럼 활짝 웃는 그 표정. 군대에서 봤던 가장 아름다운 표정이었다.

　그제야 깨달았다. 내 밑에 있는 이 병사들이 평소에 얼마나 귀한 사랑을 받고 자란 대한민국의 아들들인지. 갑자기 미안한 마음이 들었다. 집에서는 최고로 대우받던 아들, 여자친구에게는 가장 사랑받던 남자친구, 학교 후배들에겐 하늘과 같은 선배였는데 군대에서는 많은 병사 중 한 명으로 살아가며 존중받지 못한다는 것이... 군인은 군대라는 커다란 조직에 속하기 때문에 개인보다는 집단이 중심이다. 집단을 중심으로 움직이다 보니 가끔 한 사람으로서 존중받아야 마땅할 부분을 모두 챙겨주지 못할 때가 있다. 이름이 아닌 '야!, 너!, 신병!' 등 인격체로서 대우하지 못할 때도 분명히 있다. 이런 환경에 노출되다 보면 자신도 모르는 사이에 자존감이 많이 낮아진다. 환경이 무서운 건 지속해서 노출되다 보면 어느새 거기에 내가 물들어 간다는 것이다. 군대라는 곳이 개인보다 조직이 중요시되는 상황이 많아 개인의 의견이 반영되지 않는 경우가 있다. 이런 때에 대부분의 병사가 자신의 부족함 때문에 무시당한다고 느낀다. 몇 번 반복적인 감정을 느끼면 자존감은 바로 바닥으로 내려간다.

　훈련소에 들어서자마자 정신없이 훈련을 받고 부대에 오면 이등병이라는 계급 때문에 아무 이유 없이 온종일 긴장한다. '이등별'이라는 말이 생길 만큼 군대도 많이 바뀌긴 했지만 이등병들에게 군대가 부담스러운 건 여전하다.

이렇게 귀한 존재들이 왜 이런 대접을 받을까? 생각해보면 군대라는 조직만의 구조 때문이다. 많은 인원을 효율적으로 관리하기 위해 분대, 소대, 중대, 대대라는 편제를 만든다. 그리고 각 편제에는 분대장, 소대장, 중대장, 대대장처럼 장을 뽑아 조직을 관리한다. 개인보다 조직이 중요한 군대에서 개인의 가치와 권리보다는 조직이 더 우선시된다. 군대 밖에서는 귀한 진주 같던 청춘은 군대에 들어오자마자 진흙에 묻혀 자신의 가치를 잊어버린다. 장교였던 나도 마찬가지였다. 내 군 생활의 시작은 참 막막했다. 자대 배치를 받기 전까지만 해도 나는 자신감이 넘쳤다. 2년 동안 훈련을 열심히 받고 군사학 공부도 열심히 했더니 높은 군번도 받고 남들이 가기 힘들다는 병과도 좋은 성적으로 들어갔다. 군대에서도 뭐든 열심히 하면 된다는 자신감이 과했던 걸까. 내가 막상 자대에 가서 일을 배우고 적응하다 보니 어려운 일들이 한둘이 아니었다.

익숙하지 않은 용어들과 처음 접하는 업무들. 긴장감에 실수는 잦아졌다. 일은 그대로인데 간부와 병사의 편제는 줄어들고 있었다. 남아있는 간부의 역량이 중요했던 시점이었다. 기대와 달리 실수하고 적응하지 못하는 나를 보며 대장님도 과장님도 불안해하셨다. 특히 내 사수였던 1년 선배는 군 장학생에 장기 지원자였다. 오랜 시간 준비도 잘 해왔고 군대에서도 누구보다 열심히 했던 선배였다. 선배의 뒷자리를 감당해내기엔 누가 봐도 부족한 나였다.

뱁새가 황새를 따라 하면 가랑이가 찢어지듯이 인정받는 선배를 급하게 따라가려니 사소한 업무에도 실수가 잦았다. 실수하면 혼이 나고 혼이 나면 또 긴장해 더 실수했다. 악순환의 연속이었다. 처음 군대에 온 이등병과 다를 바 없었다. 자존감만큼은 자신 있는 나였지만 계속되는 실수로 인해 그마저도 사라졌다.

'장교인 나도 이정도인데 병사들은 처음 군대에 와서 얼마나 힘들었을까?'

이 작은 생각이 병사들을 보는 시선을 바꿨다. 내가 병사들과 독서모임을 하며 책을 함께 읽고 나눌 때 많은 성과가 났던 이유를 생각해봤다. 특별함은 없었다. 간절함을 가지고 책을 읽었다는 점 빼고는. 그런데 그 간절함의 근원이 특별했다. 나는 병사들과 다를 바 없이 군대라는 곳에서 적응하는 것을 힘들어했다. 부대 밖에 있던 독신자 숙소에 돌아가서는 매일 밤 우울함을 떨치려고 애쓰며 잠들었다.

다음 날 아침 부대에 출근하면 아무 의욕 없이 하루를 시작하는 병사들이 보였다. 나와 다른 것이 없어 보이는 그들. 하지만 나는 계급 때문인지 책임감 때문인지 아무에게도 힘든 내색을 하지 않았다.

탈출하고 싶었다. 무기력에서. 오늘 하루를 잘 보내고 싶었다. 무사히 24시간을 흘려보내는 것이 아닌 내 인생을 위해 귀하게 쓰는 하루를 만들고 싶었다. 나도 병사들도 한 번쯤은 생각했을 법한 다짐이다. 간절했다. 내가 인생에서 가장 열심히 살았다고 자부할 수 있는 스무 살 재수 시절보다도 더 간절했다. 내가 할 수 있는 건 새벽에 자전거를 타고 멀리 떨어진 교회에 가서 기도하는 것뿐이었다. 이렇게 하루를 가치 있게 보내고 싶다는 갈망을 가진지 몇 개월이 지났을 즈음, 원주 사령부에서 교육을 만났다. 단순히 교육을 '들었다'가 아니라 '만났다'라고 표현한 것은 이 교육이 내 기도의 응답이 독서라고 확신했기 때문이다. 한 권, 두 권, 세 권… 무턱대고 책을 읽으며 한 줄, 두 줄, 세 줄… 내 마음에 위로가 되고 힘이 되어준 글귀들을 적어 내려갔다. 그리고 일주일에 한 번, 주간 정신교육 시간을 마무리하며 병사들에게 좋은 글귀들을 이야기했다.

수십 명의 병사 중에서 한 명의 눈빛이 빛났다. 그 병사와 눈이 마주치는 순간 나는 눈물이 왈칵 쏟아질 뻔 했다. 바닥에서 헤매며 어떻게 일어날지 몰라 좌절하고 있을 때 내게 희망을 준 책. 나와 함께 근무하는 병사들에게도 희망이 되어준다는 것이 신기하고 감사했다. 이렇게 우리는 책을 통해서 바닥까지 내려갔던 자존감을 회복하기 시작했다.

한 명이 두 명이 되고 두 명이 세 명이 되었다. 나도 병사들에게 전하기 위해 더 많은 책을 더 깊이 읽기 시작했다. 병사들 앞에서 말하는 내용도 점점 다양해졌다. 책을 통해서 깨달았다. 우리가 지금 부러워하는 사람들. 자신의 꿈을 이룬 훌륭한 사람들. 모두 우리 못지 않은 어려운 시절이 있었고 바닥을 경험하는 시간이 있었다는 걸. 우리와 그들의 차이점은 단 하나. 그들은 넘어진 그 자리에서 일어나 다시 걷기 시작했고 우리는 일어날 생각도 안 했다는 것이다.

그래서 일어나기로 했다. 우리가 넘어진 그 자리에서. 자존감을 다 뺏어간 군대에서 다시 자존감을 키우기 시작했다. 그리고 자리에서 일어나 걷기 시작했다. 우리 꿈을 향해서. 우리는 아직 찾지 못한 보물이다. 땅속에 감춰진 보물. 겉으로 보이지 않을 뿐이지 가치는 변함없다고 우린 믿었다.

박웅현 작가의 '여덟 단어'에 자존에 대한 이야기가 나온다. 1장의 제목이 '자존—당신 안에 별을 찾으셨나요?'이다. 아이에게 무엇을 가르쳐야 행복해질 수 있을지 묻는 후배에게 박웅현 작가는 바로 자존이라고 대답했다. 자신을 존중하는 마음이 있어야 어떤 상황에 부딪쳐도 행복할 수 있다고 말한다.

내가 군대에서 병사들을 지도하며 가장 필요하다고 생각했던 것이 바로 자존감이다. 우리가 책을 읽고 함께 모여 이야기를 했던 시간은 특별하지 않았다. 그 시간에 우리들은 서로 생각을 나누고 질문을 하면서 그동안 자신에게 하지 않았던 질문을 하고 답을 내놨다. 그러는 과정에서 자존감을 회복했다. 자존(自尊). 자신을 높이 여기는 것. 이것이 우리가 책을 통해 얻은 첫 번째 수확이었다.

04
군대, 피할 수 없으면 즐겨라

"행동하기 전에 환경이 변하기를 기다리지 마라.
행동을 통해 환경에 변화를 일으켜라."

월레스 워틀스

"피할 수 없으면 즐겨라"

재수생 시절 얼굴에 힘든 기색이 가득할 때마다 담임선생님이 해주신 말씀이다. 학창시절 내내 스무 살의 로망을 가지고 살았다. 교복을 벗고 사회로 나가는 첫걸음을 내딛는 스무 살. 캠퍼스의 낭만과 학생 때 즐기지 못했던 일탈들을 꿈꾸며 스무 살이 되기를 간절히 기다렸다. 오랫동안 꿈꿔왔던 스무 살과는 달리 현실은 재수학원 교실 한구석에서 아침부터 밤까지 온종일 갇혀있는 재수생이었다. 아무리 벗어나려 해도 재수생이라는 상황은 피할 수 없었다. 담임선생님이 즐기라고 말씀하실 때마다 속으로 불만을 가졌다.

'이런 순간을 어떻게 즐기라고 하는 거지?'

매일 아침 기도로 하루를 시작하고 매 순간 감사하려고 했지만 솔직히 재수생이라는 신분을 즐기지는 못했다. 그렇게 몇 달이 지나고 수능 전 가장 중요한 모의고사인 9월 평가원 모의고사를 마친 날이었다. 문정동에 있던 송파 대성학원에서 나의 유일한 휴식처는 옥상이었다. 옥상에서 서울을 바라보면 기분이 참 좋았다. 좁디 좁은 교실을 벗어나 유일하게 내 가슴이 뻥 뚫리는 순간이었다. 모의고사 채점을 마치고 옥상에 올라갔다. 저 멀리 보이는 롯데월드타워가 처음 들어왔을 때보다 많이 높아져 있었다.

1년 가까운 시간 동안 세상도 많이 변했다. 2009년 2월, 재수학원에 처음 들어온 날부터 지난날을 되돌아봤다. 아쉬움이 많았다. 성적에 대해 아쉬움은 전혀 없었다. 나는 내가 할 수 있는 최선을 다해 하루하루를 전쟁처럼 살았기 때문이다. 내가 아쉬운 건 지나왔던 시간을 머릿속에서 지워내려고만 했던 자세였다. 대학 캠퍼스에 있든 재수학원 좁은 강의실에 있든 장재훈의 스무 살은 단 한 번뿐이고 즐기기에 충분한 가치를 지녔는데 나는 그걸 나중에 깨달았다. 지난 9개월 동안 나는 왜 즐기지 못했을까 생각했다.

새벽 예배를 갔다가 303 버스를 타고 잠실대교를 건너며 아침에 떠오르는 해를 보며 들었던 찬양. 점심시간에 도시락을 먹고 친구와 매점에 가서 사 먹었던 초콜릿 과자. 금요일 밤마다 건대 먹자골목에서 먹었던 삼겹살. 피하고 싶었던 재수 생활을 감사하게 해줄 소소한 행복은 매일매일 내 삶 속에 있었다. 이 생각을 하고 나니 수능까지 남은 한 달 반이 너무 행복했다. 어쩌면 가장 많은 스트레스를 받을 수능 전 한 달 반이지만 나는 어느 재수생보다도 행복하게 수능을 기다렸다. 어떤 상황이든 내 인생에 한 번뿐인 순간이고 아무리 힘들어도 기쁘고 감사하게 순간을 즐길 요소는 분명히 있다는 것을 깨달은 것이 내 재수 생활 중 얻은 가장 큰 수확이다.

짧은 군 생활이었지만 군대에서 많은 병사를 봤다. 우리 부대와 다른 중대가 같은 주둔지에 있었고 운영과장이라는 직책으로 부대 운영을 관리하다 보니 여러 병사를 관리하며 소통했다. 그렇게 많은 병사 중에서 군 생활을 즐기는 병사는 거의 보지 못했다.

'힘들다, 귀찮다, 시간 낭비다, 쓸모없다…'

병사들에게 군대에 오는 걸 왜 싫어하는지 물었을 때 나온 대답이었다. 군대는 정말 그런 곳일까? 나는 다시 물었다.

"야 그럼 군 생활 동안 인생에 도움이 되는 걸 얻는다면 열심히 할수 있냐?"

"군대가 어떻게 저한테 도움이 됩니까? 저는 시간 낭비만 하는 것같습니다… ."

우리는 인생을 살아가며 수많은 선택을 하며 살아간다. 인생은 선택의 연속이라 해도 과언이 아니다. 선택할 수 있는 것도 많지만 우리의 의지와 상관없이 해야만 하는 것도 많다. 그 중 한 가지가 군대다. 대한민국 남자라면 누구나 가야 하는 군대. 한동안 병사들에게 저런 질문을 많이 했다. 군대를 시간 낭비라고만 생각하는 병사들에게 또 나에게 던지는 질문이었다. 십자인대 수술을 미루기로 했을 때 좋은 소리를 듣지 못했다. 주변 사람들은 시간낭비하는 군대를 뭣 하러 가냐고 비아냥거렸다. 그럴 때마다 나는 보람 있게 군 생활을 할거라고 자신 있게 얘기했다.

솔직히 그들이 얼마나 힘든지 나는 잘 모른다. 어림짐작만 할 뿐이다. 대학교 3, 4학년 2년 동안 후보생 생활을 했지만 병사들의 심정을 헤아리기에는 부족한 경험이다. 그래서 나는 부사관들처럼 '나도 병사 때 다 고생했어'라고 위로해주지 못했다. 새로운 정권에 들어서 군 복무기간이 줄어든다고는 하지만 군대는 여전히 긴 시간이다. 대한민국이 통일되지 않는 한 남자들이 군대에 가는 상황은 변하지 않는다.

군대를 가야 하는 상황 그리고 군대라는 환경은 변하지 않는다. 군대 안에서 문제시 되는 부분은 개선되고 있지만 사회와 다를 수 밖에 없는 곳이다. 하지만 이런 열악한 환경은 바꿀 수 없지만 나는 변할 수 있다. 월레스 워틀스의 〈부자가 되는 과학적 방법〉에 이런 말이 있다.

"행동하기 전에 환경이 변하기를 기다리지 마라.
행동을 통해 환경에 변화를 일으켜라."

몸이 찌뿌둥한 아침 기상나팔 소리를 듣고 눈을 뜨는 현실은 변함없다. 그 가운데서 내가 선택하고 바꿀 수 있는 것들은 분명 있다. 연병장으로 아침 점호를 받으러 가는 길, 주머니에 손을 넣고 고개를 숙이며 힘없이 걸어가는 대신 하늘을 보며 기지개를 활짝 켜고 억지로 미소를 지으며 당당하게 달려갈 수 있다.

하지만 나의 행동이 이렇게 변하기 위해서는 마음과 생각이 변해야 한다. 우리는 책으로부터 이런 변화를 이끌어냈다. 하얀 종이 위에 까만 잉크가 묻히고 그런 종이들이 수백 장 쌓이면 한 권의 책이 된다. 한 권의 책에는 한 사람의 인생이 담기기도 하고 수천 년의 역사가 담기기도 한다. 손안에 놓인 작은 책 한 권에 인생에서 접할 수 있는 모든 감정이 녹아 있기도 한다. 이런 책들을 읽다 보면 자연스레 생각이 변하게 된다. 생각이 변하면 행동이 변한다. 행동이 변하면 습관이 바뀐다. 습관이 바뀌면 운명이 바뀐다. 내 운명을 바꿀 정도의 변화라면 내 주변 상황도 바뀌게 된다.

'아무리 힘들고 어려워도 할 수 있다고 생각하면 반드시 해낼 수 있다.'

내 좌우명이었다. 하지만 아무리 노력해도 모든 것은 그대로였다. 군대에 와서 1년 동안 열심히 했다. 내가 맡은 일들을 해내기 위해 밥 먹듯이 야근도 해가며 열심히 했다. 하지만 나에게 남는 건 '무사히 잘 마쳤다…'라고 퇴근길에 스스로 주는 작은 위안뿐이었다. 진짜 남자가 되어가는지도 모르겠고, 내가 철이 드는 것 같지도 않았다. 오히려 내적 갈등만 깊어질 뿐이었다.

신병 전입 교육을 담당했다. 신병들이 부대에 오면 기본적으로 알아야 할 것들을 교육했다. 경계 근무 수칙부터 부대 시설까지 함께 주둔지를 돌며 교육했다. 그러다 책을 만난 후 변하기 시작했다. 다른 사람의 좋은 생각이 눈에 들어오니 내 생각이 바뀌었다. 생각이 바뀌니 태도도 달라졌다. 상황은 달라진 게 없는데 내가 달라지니 하루하루가 행복했다. 나의 행복이 이내 우리 병사들의 행복으로 이어졌다. 내게 힘이 되는 글과 책들을 병사들과 나눴다. 일주일에 한 번 주간 정신교육시간이 끝날 무렵 짤막하게 이야기했다. 처음엔 형식적으로 받아들였던 병사들이 조금씩 변했다. 내가 읽었던 책을 빌려가기도 하고 자신이 직접 책을 인터넷에서 주문하기도 했다. 그렇게 우리들의 군 생활은 변하기 시작했다. 우리처럼 대한민국 60만 장병들이 모두 즐겁고 행복했으면 좋겠다. 이들이 우리나라의 기둥이고 미래이다. 이들이 행복해야 가족이 행복하고 사회가 행복하고 우리나라가 행복하다.

'피할 수 없으면 즐겨라.'

나는 대한민국 20대에게 이 말을 하고 싶다. 나는 정말로 평범한 대한민국 청춘이다. 정말 앞이 보이지 않는 인생을 살았고 아무 꿈도 없이 살았다. 고등학생 때까지만 해도 자살 충동을 느낄 정도로 삶의 의욕이 없었다. 여러 책을 보며 어떻게 살아야 할지 따라 해보려 했다. 삶의 태도나 여러 기술... 내가 군대에서 할 수 있는 것이 무엇일까? 하나밖에 없었다. 바로 책을 읽는 것이었다. 성공했다는 사람들의 책에서 본 것들을 실천하기 시작했다. 나 혼자가 아닌 병사들과 함께했고 다른 부대에 있는 동기들과도 함께 했다. 변하기 시작했다. 변화는 먼 곳에 있지 않았다. 변화는 내 가슴에서 시작되었다. 지옥 같았던 전반기 군 생활 1년과는 달리 하반기 군 생활 1년 반은 정말 행복하고 가치 있는 시간이었다.

우리는 오늘, 지금, 여기라는 순간에 집중하지 못하고 다음, 나중에, 언젠가를 기다리며 산다. 재수할 땐 대학교 신입생이 되고 싶었고, 대학교 신입생 땐 빨리 ROTC가 되고 싶었다. ROTC가 되고 나니 장교가 되고 싶었고, 장교가 되니 전역을 하고 싶었다. 현실에서는 최선을 다하지 못한 채 꿈처럼 아름다운 미래가 오기만을 바랐던 것 같다. 피할 수 없는 현실을 도망 다니기만 하다가 더 이상 도망칠 수 없다는 생각을 했다. 현실을 당당하게 부딪치고 내가 감당해보기로 했다. 어려운 순간이 있다면 웃으며 즐기려고 했다. 이 작은 깨달음이 지금의 나를 만들었다. 아무리 간절하게 꿈을 꾸어도 내가 지금 이 순간에 충실하지 않고 실행하지 않는다면 나의 미래는 아무것도 바뀌지 않는다.

우리는 피할 수 없는 현실을 살아간다. 우리에겐 현실을 바꿀 힘이 아직은 없기 때문이다. 하지만 피할 수 없는 현실을 즐기다 보면 나에게 현실을 바꿀 힘이 생긴다. 대부분의 사람이 피하고 싶은 상황은 비슷하다. 사람에 따라 정도의 차이만 있을 뿐 어려운 건 누구에게나 어렵고 힘든 건 누구에게나 힘들다. 이런 상황 속에서도 즐길 수 있는 지혜와 끝까지 견디는 인내를 배운다면 지금과는 다른 내가 되어 내가 간절히 바라던 꿈이 곧 내 삶이 될 것이다.

05
평생을 위한 공부

장교로 복무하면 받을 수 있는 혜택이 많다. 그중 하나가 야간대학원에 다닐 수 있는 것이다. 인제에서 복무했기에 많은 선택권은 없었지만 내가 지원할 수 있는 경영대학원이 하나 있었다. 부대에 전입하자마자 선배한테 이 소식을 듣고 1년 동안 대학원 등록금을 위해 적금도 넣었다. 1년짜리 적금이 끝나갈 무렵 대학원 접수를 할 시기가 왔다. 순간 고민을 했다. 지난 몇 개월 책을 읽으며 많은 성장을 했는데 이 같은 성장을 대학원에서 할 수 있을까? 경제적 비용, 시간, 에너지 등 여러 가지를 생각해봤다. 대학원을 가려는 마음을 접고 책을 더 읽기로 했다. 진짜 경영을 배우고 싶다는 마음에 더 많은 경영 서적을 봤다. 책을 읽다 보니 독서법에 대해 더 공부하고 싶었다. 대학원 학비를 모으던 적금을 깨고 독서법과 자기관리에 대한 여러 가지 교육을 들었다. 내 선택에 대한 자신이 없어 그 당시에는 아무에게도 말하지 않고 몰래 교육을 다녔다. 하지만 지금은 내가 ROTC를 간 것만큼이나 잘했다고 생각한 결정이다.

그렇게 독서를 시작한 지 몇 개월, '대학원을 가지 않길 잘했다'라고 생각하는 동시에 내가 그동안 받은 교육에 대한 회의감이 들었다. 초등학교 6년, 중학교 3년, 고등학교 3년, 재수 1년, 대학교 4년. 이게 진짜 내 인생에 필요한 공부였나 하는 생각이 들었다.

군대에 오기 전 대부분의 청춘은 주도적 학습보다는 정해진 커리큘럼에 따른 교육을 받고 온다. 아니 군대에 오기 전뿐만 아니라 대한민국이라는 사회 속에서 교육은 대부분 정해진 길을 따라가는 교육이다. 초등학교, 중학교, 고등학교 때까지는 대학을 위해서 교육을 받는다. 대학에 들어가고 나니 성인이 되면 끝날 줄 알았던 학원 생활이 끝이 아니라 본격적으로 시작된다는 것을 깨닫는다. 대학에 들어가니 모두가 준비하는 각종 자격증과 영어시험을 위해 또다시 학원의 문턱을 드나든다. 대학에 들어가서 자신이 원하는 진로와 직업을 위해서 학원을 등록한다.

교육(教育)이란 말은 한자로 가르칠 교(教)와 기를 육(育)으로 구성되어 있다. 각 한자의 기원을 보면 가르칠 교는 회초리로 아이를 배우게 한다는 뜻이다. 기를 육은 갓 태어난 아이를 기른다는 뜻이다. 한자의 기원으로 본 교육이란 단어의 의미는 아무것도 알지 못하는 아이를 회초리로 가르쳐서 아이가 지식을 배우게 한다는 뜻이다.

교육은 영어로 'Education'이다. 'Education'의 어원은 라틴어 'Educare' 또는 'Educatio'에서 유래하였다. 라틴어 'educare'는 '양육한다' 라는 의미를 가진다. 또한 능력을 이끌어낸다는 뜻을 가진 'educere', 지도한다는 뜻의 'ducere'와도 관련이 있다. 라틴어의 어원으로 본 교육은 배우는 사람이 가지고 있던 능력을 이끌어 내기 위해 지도한다는 뜻이다. 동서양의 교육에 대한 의미가 약간은 다르지만 두 의미를 합쳐보면 진정한 교육이 어떤 것인지를 짐작해볼 수 있다. 진정한 교육이란 배우는 사람의 내면의 능력과 가치를 발휘하도록 가르치는 사람이 지도하는 것이고 거기에 사회에서 요구하는 능력들도 더해 배우는 사람의 진정한 성장을 유도하는 과정이라고 표현할 수 있다. 하지만 우리가 한국사회에서 받아온 교육은 이런 의미와는 좀 동떨어져 있다. 초등학교 입학부터 고등학교 졸업까지 12년동안 공교육과 사교육을 통해 우리는 내면의 가치나 진정한 성장을 위한 교육보다는 오직 대학을 위한 교육을 받는다. 그리고 대학에 들어서자마자 대기업이라는 좁은 관문을 뚫기 위해 스펙이라는 틀에 박힌 교육을 시작하게 된다.

우리는 모두 다른 사람이다. 저마다 잘하는 것도 성격도 생김새도 모두 다르다. 하지만 모두 같은 목표를 위해 12년 동안 달려간다. 대학입시라는 같은 목적을 위해 모든 시간을 쏟는다. 똑같은 교육 과정과 방식으로 진정 '나'를 찾아가고 개발할 수 있을까? 우리나라 공교육에서는 평균을 참 좋아한다. 학교에서 중간고사와 기말고사를 보면 네가 가장 잘하는 과목은 어떤 거니? 라고 묻지 않는다. 평균 몇 점이냐고 물어본다. 무엇을 잘하고 못하는지는 중요하지 않다. 모든 과목을 잘해야 한다. 평균이라는 기준에 우리 학생들 모두를 가둬 두려고 한다. 성적뿐만 아니라 학교생활도 옷차림도 모두 평균에 맞춰 넣으려고 한다. 지금 우리나라가 하는 공교육이 공장의 노동자나 군인을 양성하기 위해 만들어진 교육인 것도 모르고 말이다.

이솝 우화 동물 학교 편에서 비슷한 얘기가 나온다. 동물들은 새로운 미래를 위해 학교를 만들었다. 달리기, 나무 오르기, 날기, 수영 등 몇 개의 과목을 만들었다. 수영 과목에서는 누구도 오리를 따라올 수 없었다. 하지만 달리기 점수가 부족해 매일 달리기를 연습하다 보니 물갈퀴가 상해 수영에서도 낙제를 받았다. 누구보다 높이 날던 독수리는 나무 오르기를 연습하느라 날개가 상해 더 이상 날 수가 없었다. 이 외에도 토끼는 달리기 과목을, 다람쥐는 나무 오르기 과목을 버려두고 다른 과목을 연습하다 이도 저도 아닌 학생이 되었다. 이 이야기에 빗대어 인터넷에서 웃기고도 슬픈 이야기를 본 적이 있다.

'한국 천재의 비애'라는 제목이었던 것 같다. 우리나라에 수학 천재가 있다고 하자. 중간고사 시험에서 수학을 100점 맞고 영어는 30점이 나왔다. 이 아이에게 수학은 100점 그 이상을 표현할 점수가 없다. 정말 수학적 사고가 뛰어나서 수학에 대한 특별한 교육이 필요한 아이다. 하지만 중간고사 성적을 본 선생님은 '평균이 65점이구나.', '공부를 열심히 해야겠다.'라고 할 것이다. 그 아이는 자신이 잘하는 수학을 잠시 내려놓고 영어 점수를 끌어올리기 위해 노력할 것이다.

우화가 아닌 실제로 평균에 관한 재미있는 연구가 있다. 하버드 대학원에 있는 토드 로즈 교수가 미국 전투기 조종석을 만들기 위해 한 조사이다. 4,000명의 조종사의 신체 사이즈를 측정했다. 키, 가슴둘레, 앉은키 등 10개 항목에서 평균값을 냈다. 그렇다면 4,000명의 조종사 중에 이 평균값에 해당하는 사람은 얼마나 될까? 단 한 명도 없었다. 겉으로 보이는 신체 사이즈 조차 이렇게 평균에 딱 맞는 사람이 없는데 과연 눈에 보이지 않는 우리의 재능과 꿈은 얼마나 다를까?

　병사들과 이야기 하다 보면 안타까운 건 진짜 자기가 하고 싶은 걸 모른다는 것이었다. 나도 그랬지만 아는 것이 없어 주변에서 괜찮다고 하는 진로를 선택하기 바빴다. 왜 그것이 좋냐고 네가 진짜 원하는 게 뭐냐고 몇 번 질문 하다 보면 금세 벙어리가 된다. 한 번도 자기가 진짜 원하는 게 무엇인지 생각해 본 적 없다고 한다. 이렇게 병사들과 진로에 대한 이야기를 매일같이 나누고 휴가를 가면 난 제일 먼저 서점에 들른다. 내가 필요한 책이 아닌 병사들에게 사줄 책을 찾기 위해서 갔다. 평소에 병사들과 이야기하며 그들의 관심사와 필요한 분야를 적어놓고 서점에서 관련된 책을 사다 주었다. 한두 명이 아니라 생각나는 병사마다 사다 주니 비용도 부담스러웠지만 나는 계속 책을 선물했다. 병사들은 책을 읽으며 진짜 흥미를 느끼는 분야를 찾았다. 때론 자신이 원했다고 생각했던 진로가 자신이 생각했던 것과 다른 경우엔 진로를 바꾸기도 했다. 지금까지 획일화된 교육을 받으며 수 없이 절망했던 병사들에게 책을 건네주며 꼭 했던 말이 있다.

　"학교에서 찾지 못했다고 너의 꿈이 없는 게 아니야. 진짜 너의 길을 찾아봐."

그들도 나도 공교육 속에서 길을 찾지 못했다. 우리는 대신 군대에서 책을 읽으며 진짜 공부를 했다. 내가 원하는 것이 무엇인지 찾아가고 나 자신을 되돌아보기 시작했다.

나를 가장 잘 아는 사람은 나 자신이다. 나를 가장 모르는 사람도 나 자신이다. 나를 안다는 것은 쉬우면서 어려운 일이다. 스스로 나에게 맞는 공부를 찾는 게 가장 빠르다. 누군가에게 나를 알아봐달라고 부탁할 수도 없다. 이지성 작가의 '리딩으로 리드하라'와 '생각하는 인문학'은 병사들에게 꼭 추천했던 책이다. 현재 우리나라의 공교육과 미국의 사교육을 비교한 내용이 있다. 그 두 권의 책을 보면 '내가 이런 공부를 왜 이제야 하게 됐을까?' 하며 안타깝다는 생각을 했다.

이렇게 군대에서 '진짜 공부'를 시작하면서 내 인생은 많이 바뀌었다. 남들과 같은 길을 걸으며 나는 다른 길을 걷는다고 착각했다. 독서를 통한 '진짜 공부'를 하면서 내 진짜 꿈을 찾아갔다. 대기업이 내 꿈이 아니었다. 나는 막연히 안정적인 생활과 높은 연봉 그리고 사람들의 인정을 원했던 것이다. 평생을 위한 진짜 공부를 하며 내가 정말로 무엇을 원하는지 찾아가기 시작했다. 동시에 내가 인격적으로 성숙하려면 무엇이 필요한지 배웠다. 존 맥스웰의 '사람은 무엇으로 성장하는가'에 이런 말이 나온다.

성장하려면 자신이 누구인지 알아야 한다. 그런데 자신이 누구인지 알려면 성장해야만 한다. 그러면 어떻게 해야 할까? 자신을 탐색하면서 성장의 길을 걸어가는 수밖에 없다.

성장하기 위해선 나를 알아야 하고, 나를 알기 위해선 성장하는 과정이 필요하다. 성장과 나를 알아가는 것이 동시에 이루어져야 한다. 진주가 만들어지는 인고의 시간을 군대 독서로 채웠다. 한 권의 책을 읽더라도 혼자 읽기보단 함께 읽으려 노력했고 서로의 생각을 나누려고 노력했다. 그렇게 우리는 함께 성장해 나가며 평생을 위한 공부를 다름 아닌 군대에서 시작했다.

06
인생의 골든아워

잃어버린 시간은 절대로 다시 찾을 수 없다

– 벤자민 프랭클린

잔소리를 싫어하는 나지만 유독 주말 당직 근무를 설 때면 병사들에게 쉬지 않고 잔소리했던 것 같다. 평일을 쉬지도 못하고 보내 주말에 편히 쉬고 싶은 마음은 이해하지만 온종일 누워서 TV만 보는 병사들에게 나가서 산책이라도 하라고 책이라도 보라고 계속 잔소리했다. 햇살이 내리쬐는 밝은 대낮에도 커튼을 치고 생활관에만 갇혀있는 애들한테 운동장이라도 나갔다 오라고 권유도 했었다. 쉬고 있는 병사들을 괴롭히려 했던 것이 아니라는 건 누구보다 그 아이들이 더 잘 알았을 것이다. 잔소리는 내가 그들을 부러워하는 마음에 자연스레 나왔던 것 같다.

실제로 나는 군 생활을 하면서 병사들에게 부럽다는 말을 자주 했다. 나도 20대이긴 했지만 20대 초반의 그 나이가 부러웠다. 대부분 20~22살에 군대에 입대한다. 스무 살 재수생활부터 1년, 1년 헛되이 보낸 1년이 없긴 하지만 다시 그때로 돌아가고 싶은 마음은 여전하다. 그들이 부러웠던 진짜 이유는 내가 멀리 돌아온 길을 조금이나마 빨리 제대로 걸어갈 수 있을 거란 생각 때문이다. 그들을 보면 하루하루가 참 아까울 것 같다.

골든아워는 어떤 사고가 났을 때 생명을 살릴 확률이 가장 높은 사건 발생 이후 1~2시간을 말한다. 의료분야에서는 응급 치료 성공 가능성이 가장 높은 1시간을 말한다. 골든아워에 대한 중요성은 몇 년전 세월호 사건을 통해서 국민 모두가 알고 있을 것이다.

나는 사람의 인생에서도 골든아워가 있다고 생각한다. 대한민국에서 자라 평범하게 10대를 보낸 청소년이라면 대부분 자신의 꿈과 비전을 알지 못할 것이다. 내가 이 골든아워를 잡지 못하면 요즘 화제가 되는 퇴사학교처럼 뒤늦은 수습이 필요하다.

청소년에서 어른이 되는 시기인 20대. 미숙한 청소년이 한창 성장하고 성숙해야 할 시기에 우리는 정해진 길로만 가느라 성장과 성숙에 대해 고민조차 할 여력이 없다. 앞으로 어떻게 살아야 할지 무엇을 위해 살아야 할지 나는 왜 살아가는지 사색할 시간도 이유도 없다. 군대라는 곳이 시간 낭비일지도 모르지만 이런 관점에서는 삶을 되돌아보고 사색하기엔 최고의 장소이다.

우리는 군대에서 책을 읽고 많은 시간 사색을 하며 삶의 방향을 생각했다. 다른 군인들처럼 스펙을 쌓기 위해 자격증을 따지 않아도 지금 이런 고민이 우리에게 도움이 된다고 생각했다. 명심보감을 읽다가 우리가 틀리지 않았다는 걸 깨닫게 한 글귀를 발견했다.

孔子三計圖云 (공자삼계도운)
一生之計 在於幼 (일생지계 재어유)
一年之計 在於春 (일년지계 재어춘)
一日之計 在於寅 (일일지계 재어인)
幼而不學 老無所知 (유이부학 노무소지)
春若不耕 秋無所望 (춘약부경 추무소망)
寅若不起면 日無所辨 (인약부기 일무소변)

해석하자면 공자가 삼계도에 이르기를,

"일생의 계획은 어렸을 때 있고, 일 년의 계획은 봄에 있으며, 하루의 계획은 아침에 있다. 어려서 배우지 않으면 늙어서 아는 바 없게 되고, 봄에 만약 경작하지 않으면 가을에 바랄 것이 없고, 새벽에 일어나지 않으면 그날 아무 일도 하지 못하게 된다." (한국콘텐츠진흥원)

공자는 이른 시작과 계획을 강조했다. 어릴 때 평생을 계획하고, 봄에 일 년의 계획을 해야 하며, 새벽에 하루의 계획을 해야 한다고 했다. 그리고 공부, 농사, 새벽 기상을 비유로 들며 지금은 힘들고 어렵더라도 나중을 위해 미리미리 준비해야 한다고 말했다.

일생의 계획은 어릴때 있다. 공자가 말한 어릴 때가 언제인지는 모르겠다. 하지만 분명한 건 대부분 청소년은 일생의 계획이 없이 20대를 맞이한다. 그리고 자신이 세운 계획이 아닌 남들이 하는 대로 살아간다. 20~30대의 계획은 이십 대 초반에 있다. 20~30대의 삶만큼 인생에서 중요한 시기가 있을까? 지금까지 우리는 학교에서 경쟁하며 살아왔다. 남과의 경쟁이 아닌 나 스스로와의 경쟁, 공부와의 전쟁을 했다. 무슨 목적인지도 모르고 왜 공부해야 하는지 모른 채로 싸웠다. 20대가 되고 보니 내가 무엇을 위해 그렇게 싸웠나 하는 생각이 들었다.

20대는 독립을 준비하는 시기다. 나만의 인생을 준비하는 시기다. 하지만 대학 입시만을 위해 달려왔던 우리는 제대로 준비를 하지 못하고 20대를 맞이한다. 이런 우리에게 군대는 정말 최고의 골든아워다. 이런 소중한 시간을 놓치는 청춘들이 너무나 안타깝다.

많은 이들이 군대를 '아까운 20대의 시간을 낭비하는 곳'이라고 생각할 것이다. 이 말을 부정하지 않는다. 아무 생각 없이 하루하루 살다 보면 정말 아무것도 얻을 수 없는 곳이 군대이다. 하지만 반대로 조금만 다르게 생각하고 다른 시야로 바라본다면 군대만큼 많은 것을 배울 수 있는 곳도 없을 것이다. 그만큼 다른 사람들과 차별화를 할 수 있는 곳이 군대이다. 모두가 하루하루 무의미하게 살아가는 군대에서 나만큼은 10년 뒤 나에게 주는 오늘날의 선물이라는 생각으로 최선을 다해 살아간다면 그 누구도 따라 할 수 없는 귀한 2년이 될 것이다.

ROTC로 군대에 늦게 가면서 많이 들은 말은 '남자는 군대를 다녀와야 진짜 인생이 시작이다.'이라는 말이었다. 군대에 가서 고생도 하고 많은 생각을 하며 성장해야 남자로서 제대로 인생을 살기 시작한다는 뜻이 담겨 있는 말이다. 나는 이 말을 조금 다르게 적용하고 싶다. '남자는 군대에 가면서 진짜 인생이 시작된다.'

15.11 ~ 2016 년

Business | Private | Key words

새로운 시작.

	Objective 목표	Activities 실천방안	Time Schedule 시간계획	Evaluation 평가
일/직업 급여복지 승급 수익 서비스 EOP 여부 업신 등	#A(+0)이상 학점 받기 (중간, 기말) 3공모전 참가. # 영어 (토익 + 회화) 공부하기	→ 시험범위 한주 2번 보기 1주 단위로 복습하기 과제 바로하기 않고 하기 도서관 or 집에서 10시까지 공부하기 → 외국관련 책 읽기 → 도움될지 궁금한 거 정리 → 단어외우기, 문법정리 듣기 / 메모, 영어 자막보기	평일 1~4 학교수업 자기 30:60공전 진로도서 읽기 주말 평일 7~8 과제check +영어공부	
자기계발 독서 취미 여행 스포츠 차기취득 네트워크 등	#책 1주, 1권 읽기 #버킷리스트 쓰기 #서평, 5권 쓰기 #국내, 해외 배낭여행 가기 # 악기 연습하기	→ 학교 공부 후, 역사 진로 문서하기 (30분 ~1시간) → 매일 밤 5개를 복습 → 여름, 겨울 방학때 가기 → 여행전 관련 책 찾고 계획짜기 → 꾸준히 연습하기	월 진로, 식4:권2. 자기관 (자격증) 3~6을 책읽기 ~12:00 (잠자기전) 내면아 check.	
가정/재정 배우자 자녀 부모 형제 건강 교육 등	# 전화 하기 (부모님) #누나, 4개, 사촌나, 부모님과 식사하기 or 술자리 갖기.	→ 1주 2회이상 (저녁) 부모님께 전화하기 → 주문 집 갔을 때 친구보다는 가족 먼저 보기, 식사 or 술	잠자기전→수업 끝나서 전화하기	
신체/건강 운동 복용약 등 식습관 병원 의료보험 건강진단 가족의료력	#표살 빼기 8 #술, 담배 줄이기 (주 술자리 n2회. 3달 1갑 → 1주 2갑)	→ 아침 or 저녁 운동하기 (뛰기, 근력운동, 축구) → 담배 하루 5번 참기 (5 → 10)	1교시 없으면 저녁. 있으면 아침에 뛰기	
선 행/ 사회봉사 종교 세금계획 봉사활동 기부문화				

© 3P BINDER

병사들은 군대에서 꿈을 꾸기 시작했다

우리는 군대 독서로 놓칠 뻔했던 골든아워를 잡았다. 경험해 본 사람만이 알 수 있다고. 우리 부대에서 전역한 병사들은 모두 한 입으로 말한다. 군 생활을 이렇게 보람되게 하지 않았다면 지금의 자신은 없었을 것이라고. 꿈을 찾은 병사도, 찾지 못한 병사도 있지만 분명한 건 군대 독서를 하기 전과 후의 모습은 확연히 다르다는 것이다. 만약에 군대 독서가 없었더라면 우리는 아직도 다른 누군가의 뒤를 따라다니며 내 삶을 허비하고 있었을지도 모른다. 진짜 내 인생을 시작하지 못했을 수도 있다.

전역한 병사들과 만나거나 연락을 하면 항상 고맙다는 말을 듣는다. 나도 그들에게 고맙다는 말을 한다. 그들이 아니었으면 나는 책을 읽어야겠다는 생각도 하지 못했을 것이고 지금의 나도 없었을 것이다. 전역하기 전 우리 부대에 남은 병사들과 조금 더 성장하기 위해 복무 연장을 신청했지만 아쉽게 떨어졌다. 더 많은 병사와 오랫동안 함께 하지는 못했지만 우리는 확실히 군대라는 골든아워를 통해 인생의 황금기를 펼쳐나가기 시작했다.

'괄목상대(刮目相對)'라는 고사성어가 있다. 눈을 비비고 상대를 대한다는 뜻으로, 남의 학식이나 재주가 놀랄 만큼 부쩍 향상되었다는 의미다. 중국 후한 말기에 위, 촉, 오나라가 서로 대립하고 있을 당시 오나라 손권의 부하 중 여몽이라는 장수가 있었다. 그는 전장에서 공을 많이 세워 장군까지 올랐으나 무식했다. 이에 손권이 학문을 깨우치라고 충고하자 그는 전장에서도 열심히 공부했다. 얼마 후 손권 수하에서도 학식이 뛰어났던 노숙이 여몽을 찾아갔다. 노숙은 여몽과 대화하던 중 그가 매우 박식해져 있음을 알고 깜짝 놀랐다. 이에 여몽이 "선비는 헤어진 지 3일이 지나면 눈을 비비고 다시 볼 정도로 달라져 있어야 하는 법입니다" 라고 말했다고 한다.

'리더를 위한 한자 인문학'의 한 부분이다. 3일마다 성장할 수는 없어도 군대에 있는 2년 동안은 누구나 성장할 수 있다. 누구나 골든아워를 붙잡을 수 있지만 아무나 잡을 수는 없다. 생명을 구할 수 있는 최고의 타이밍 골든아워. 절망으로 가득했던 내 인생을 희망으로 바꿨던 것도 바로 군대에서의 골든아워를 붙잡았기 때문이다.

군대에 가는 동생들에게 꼭 하는 말이 있다.

"이왕에 군대 가는 거 열심히 살다 와. 훈련도 열심히 받고 힘든 일이 있으면 네가 먼저 나서. 어차피 아무리 힘들어도 2년이야. 틈틈이 생각도 많이 하고 일기도 쓰고 책도 많이 볼 수 있으면 봐. 밖은 신경쓰지 말고 군대에서 너만 생각해. 네가 군대에 있는 동안 세상은 잘 돌아갈 거야. 그러니깐 세상이 외면해 있는 그 시간 동안 너는 모두가 '괄목상대'할 정도의 성장을 하다 오면 돼."

　군대에 있는 2년 동안 세상은 우릴 기억하지 않는다. 우리가 없어도 세상은 잘 돌아간다. 아무도 기대하지 않는 그 시간 동안 인생 최고의 괄목상대를 통해 당신 삶의 황금기를 만들어라.

02

군대 독서
2년이면
20년을
아낄 수 있다

01
아무나 잡을 수 없는 청춘

조급한 마음으로 치밀한 계획도 없이 먼저 벽돌부터 쌓는다면
분명 실패할 수밖에 없다
스페인의 철학자 발타자르 그라시안

"과장님, 솔직히 군대는 시간 낭비라고 생각했는데 과장님과 지냈
던 최근 몇 달을 생각해보면 20대에 내가 이런 고민을 할 수 있었을
까 싶습니다. 인생에 대해 진지한 고민도 하고 성공한 사람들의 생각
도 책을 통해 읽어보고… 과장님 만나고 이렇게 군 생활 하니깐 지난
날이 너무 아쉬운 것 같습니다."

"지금은 아쉬워도 돼. 그래 봤자 군대 전역인걸? 이제 다시 시작하면 되잖아. 근데 무서운 게 뭔지 알아? 아쉬움으로는 사람들을 변하게 할 수 없더라고. 아쉬움에 익숙해질 뿐이야. 내가 십자인대가 끊어지고 앞으로는 예전처럼 축구를 할 수 없다고 들었을 때 무슨 생각이 들었게? 지금까지 했던 축구경기들이 다 생각나더라. 힘들어서 대충 뛰었던 순간들, 운동장에는 있었지만 최선을 다해 뛰지 못한 그 경기들이 생각나더라고. 경기가 끝나고 나선 더 열심히 뛸 걸 아쉬워했지. 그래도 아쉬움은 금세 잊혀지고 그런 순간들이 반복되더라. 가만히 보면 이게 축구뿐만 아니라 내 삶에서도 똑같았던 것 같아.

학창시절엔 시험이 끝날 때마다 공부를 더 열심히 할 걸 아쉬워했어. 대학에 오니 지난 학기에 알차게 생활하지 못한 게 아쉬웠지. 군대에 오니 방학 때 받은 입영 훈련에서 배울 때 좀 더 열심히 배우지 못해 아쉽고... 되돌아보니 아쉬움만 가득이었어. 이렇게 살다가는 오늘도 아쉬워하고, 내일도 아쉬워하고, 1년, 2년 그렇게 평생 아쉬움만 내 인생에 가득할 것 같다는 생각이 들었어. 그래서 다시 무언가를 할 수 있다면, 최선을 다하겠다고 결심했지. 그렇게 결심해도.. 변하는 건 쉽지 않았지만... 준민아 지금 네가 느끼는 아쉬움이 더 간절했으면 좋겠어. 아쉬움이 아닌 간절한 동기부여가 돼서 진짜 행동을 바꿀 수 있게"

전역을 앞둔 준민이와 함께 마지막 당직 근무를 섰던 날이다. 호랑나비를 시작할 때 병장이었던 준민이는 독서모임을 오랫동안 함께하고 싶었는데 전역하게 돼서 아쉽다고 했다. 전역을 앞둔 군인이 전역하는 것이 아쉽다고 하다니… 예전 같았음 상상도 못 했을 일이다. 지난날을 돌이켜봤다. 내 인생도 항상 아쉬움이 가득했다. 청춘이라 불리는 20대에 나는 청춘답게 살아가고 있나? 나뿐만 아니라 우리는 청춘이란 이름으로 이 소중한 시간을 보내고 있는가?

청춘을 청춘답게 산다는 건 어떤 것일까? 정확히 답을 내릴 수 없었지만 분명한 건 내가 청춘답게 살고 있지 않다는 것이었다. 우리는 자신도 모르는 사이에 현실에서 도피하는 습관을 지니고 있다. 눈앞의 어려움은 피하길 원하면서 동시에 미래에 대해서는 막연한 기대를 한다.

"빨리 어른이 되고 싶다."
"빨리 전역하고 싶다."
"빨리 졸업하고 취직하고 싶다."

자주 들어본 말이지 않은가? 우리가 습관적으로 하는 말들이다. 어릴 때는 어른이 되고 싶었다. 대학만 가면 다 이루어질 것 같았다. 대

학을 가니 졸업을 하고 싶었다. ROTC 후보생 때는 빨리 '소위' 계급
장을 달고 싶었다. 임관하고 '소위' 계급을 달았지만 군대는 쉽지 않
은 곳이라는 것을 느꼈다. 오히려 어려웠다. 병사도 아닌 장교라 기
대치는 높은데 나는 아는 것도 없었다. 장교, 부사관, 병사들... 위아
래에서 오는 시선들이 부담스러웠다.

실력과 노력으로 부담을 떨쳐버릴 생각보다는 현실을 도피하고 싶
었다. 평생을 그랬던 것처럼 빨리 전역하고 싶다는 생각을 하며 막연
한 미래를 기다렸다. 습관처럼 현실을 피하려고 하는데 후보생 생활
을 함께했던 동기들이 생각났다. 내가 알고 지내는 사람 중에서 정말
배울 것이 많은 동기들이었다.

장교들은 병사들과 달리 성적으로 군번을 받는다. ROTC 역사상
처음으로 한 학교에서 전체 1, 2등이 나왔다. 바로 우리 학교 동기
들이었다. 이들은 역사에 기록될만한 성적을 받아도 전혀 놀라울 것
이 없는 동기들이었다. 그 동기들은 매 순간 노력하고 의미 있는 삶
을 살았다. 그들은 나와 달리 현실을 도피하고 막연한 미래를 기다린
것이 아니었다. 하루를 최선을 다해 살아가며 꿈을 꾸고 목표를 향해
한 계단씩 꾸준히 올라갔다.

그들과 다른 것이 무엇인지 생각했다. 오늘 직면한 크고 작은 일들에 대한 태도가 달랐다. 하지만 내가 피하고 있는 건 답답한 군 생활과 밀려있는 업무가 아니었다. 내 인생 전체에 대한 고민을 해결하지 않은 채 뒤로 미뤄두고 있었다. 내가 감당해야 할, 내가 마땅히 부딪혀야 할 현실은 보지 않고 '어떻게든 되겠지'라는 생각으로 살아가고 있었다. 이런 고민을 내 주변 동기들과 친구들, 병사들에게 물어봤다. 꿈이 뭐냐고 10년 뒤에 뭐 하고 싶냐고. 나만 이런 고민을 하냐고. 다들 뾰족할 만한 해결책을 갖고 있지 않았다. 현실을 살아가기 급급하지 대부분은 이런 고민조차 하지 않았다.

어느 날 SBS 스페셜 – '요즘 젊은것들의 사표'라는 다큐멘터리를 봤다. 다큐멘터리를 보는 내내 고개를 끄덕일 수밖에 없었다. 그중에서도 가장 기억에 남는 건 퇴사 학교의 교장인 장수한 대표가 나온 장면이다. 장수한 대표는 20대의 꿈인 삼성전자를 다니다가 조기 퇴사를 하고 '초일류 사원, 삼성을 떠나다'의 책을 낸 저자이기도 하다. 그는 퇴사 학교를 만든 이유에 대해 이렇게 말했다.

"사실은 제 경험이 가장 크죠. 저 자신이 어릴 때부터 정해진 학교와 정해진 회사를 이제까지 쫓아왔는데 그것들이 돌아봤을 때 너무 안타까운 거예요. 수능 공부했던 시간과 대학교 20대 때 스펙을 준비했던 시간이, 바꿔 말하면 '잃어버린 20년'이라고 전 생각하거든요. 그때부터 내가 정말 원하는 걸 알고 정말 준비해야 할 것들을 준비할 수 있었으면 훨씬 더 낭비하는 시간보다는 그 시간들을 나의 것으로 쓸 수 있었을 텐데.. 더 이상은 그런 것들이 없었으면 좋겠다. 우리의 세대들이. 또 나중의 나올 우리의 후세가..."

그의 인터뷰가 내 마음을 파고들었다. 2016년 스물일곱 살이 되던 해에 나의 목표는 대기업 취직이었다. 말만 하면 누구나 알만한 기업들을 들어가는 게 내 목표였다. 과연 대기업 취직이 나만의 목표였을까? 20대면 모두가 꿈꾸는 대기업. 그중에서도 최고라는 삼성전자에 다니던 장수한 대표는 자신이 대기업을 위해 살아왔던 20년을 '잃어버린 20년'이라고 표현했다.

퇴사 학교에는 지금도 수많은 신입사원들이 오고 있다고 한다. 그들은 평생 쫓던 대기업이라는 목표를 이룬 사람들이었다. 하지만 막상 대기업에 들어가고 보니 자기 생각과는 많이 달라 퇴사 학교를 찾았다고 한다. 그들은 왜 남들이 그토록 부러워하는 대기업에 들어가자마자 퇴사를 꿈꾸고 장수한 대표는 그렇게 열심히 살았던 20대를 왜 '잃어버린 20년'이라고 표현한 것일까?

우리는 우리가 정말 원하는 것이 무엇인지 모른다. 나를 찾아가는 시간보다는 국영수 학원을 쫓아다닌 시간이 많았고 나의 강점이 무엇인지 찾아보기보다는 내 점수에 맞는 대학을 찾기 바빴다. 우리가 진짜 '청춘'이 되지 못한 이유는 우리의 가슴을 설레게 할 꿈을 찾지 못했기 때문이다. 남들이 다 가는 길이라 나도 마땅히 가야 하는 줄만 알았고 남들이 준비하는 스펙이라 나도 당연히 있어야 하는 줄 알았으니까 말이다.

그렇게 끝까지 가고 나서야 내가 잘못 왔다는 것을 깨닫는다. 그렇게 '잃어버린 20년'은 누가 찾아줄 것인가? 지나간 시간은 되돌릴 수 없다. 우리는 지금부터라도 청춘답게 살아야 한다. 나를 찾고, 내 꿈을 찾고, 진정한 청춘답게 살아야 한다. 나는 내 청춘을 잡고 싶었다. 10년 뒤 장재훈에게 미안하지 않을 오늘을 살고 싶었다. 내 자식들에게 '아빠는 이렇게 20대를 살았어'라고 당당하게 말하고 싶었다.

"아침에는 꿈을 이루기 위해 내게 주어진 오늘이라는 시간이 감사해서 알람이 울리기도 전에 눈을 뜨고, 밤에는 오늘 하루를 통해 내 꿈에 한 발짝 더 올라갔다는 감사함에 벅찬 가슴을 품고 잠이 든다."

내 수첩 맨 앞에 적어놓은 말이다. 설레는 마음으로 눈을 뜨고 내

일을 향한 벅찬 가슴으로 잠이 들고 싶었다. 진짜 청춘의 삶은 이런 삶이 아닐까?

구글에서 청춘의 뜻을 검색하면 2가지 의미가 나온다.
　1.십 대 후반에서 이십 대에 걸치는 인생의 젊은 시절
　2.왕성한 정열과 힘찬 기세와 기백으로 나아가는 상태

외면의 청춘과 내면의 청춘이 있다. 겉보기엔 청춘일지라도 내면까지 청춘처럼 살아가고 있는 진짜 '청춘'이 얼마나 될까? 몸만 청춘이 아닌 마음까지 청춘이고 싶었다. 몸은 늙어갈지라도 마음만큼은 영원한 청춘.

군대에서, 사회에서 그리고 SNS상에서 많은 사람을 보면서 느낀 것은 젊다고 가슴이 뜨거운 것도 아니었고 나이가 들었다고 열정이 식는 것도 아니었다. 나이에 상관없이 청춘답게 살아가는 사람이 누가 있을지 주변을 둘러봤다. 무엇이 그 차이를 만드는지 관찰해봤더니 바로 꿈이었다.

꿈이 있는 사람은 나이에 상관없이 뜨겁게 살아가고 겉모습에 상관없이 젊음이 느껴졌다. 군대에 있는 60만 장병들이 모두 뜨거운 청춘

꿈 리스트를 적는 병사들

이었으면 좋겠다. 우리는 가슴에 어떤 꿈을 품고 살아갈까? 우리는 당당하게 다른 사람에게 청춘이라고 말할 수 있을까? 당당하게 사람들에게 자신의 꿈을 말할 수 있는 청춘.

요즘은 군대에서 출퇴근 개념의 내무 생활을 하고 있다. 정해진 일과시간 외에는 기본적인 경계근무를 제외하고는 개인의 생활을 보장해주는 것이다. 당직사령으로 근무를 설 때 부대를 순찰하다 보면 같은 병사들이지만 눈에 띄는 병사들이 있다. 그들은 다른 병사들과 '오늘 하루'를 대하는 태도가 다르다. 대부분의 병사가 일과시간을 마친 이후에는 빨래를 돌리고 간단한 운동을 하고 TV를 본다. 대부분 어떻게 하면 시간을 잘 보낼지 고민하며 하루하루를 보낸다. 목표가 있고 꿈이 있는 병사들은 이 개인 정비시간을 효과적으로 효율적으로 사용했다. 작게는 다음 달에 있을 국가기능검정시험 준비를 했고 길게는 수학능력시험, 꿈을 이루기 위한 자격증 공부를 했다.

많은 병사를 꿈과 목표를 기준으로 보면 세 부류로 나눌 수 있다. 첫 번째는 아무런 꿈과 목표가 없이 살아가는 병사들, 두 번째는 구체적인 꿈과 목표가 없어도 무언가를 하면서 열심히 생활하는 병사들, 마지막은 자신의 꿈과 목표가 분명하고 그에 맞게 최선을 다해 살아가는 병사들이다. 정말 소수이긴 했지만 마지막 부류의 병사들은 모르는 사람이 옆에서 보기에도 효과와 효율이 높다. 효과와 효율을 동시에 쓴 이유가 있다. 효율은 어떤 일을 할 때 얼마나 짧은 시간 안에 많은 일을 해내는지 일의 능률을 말하는 것이고 효과는 제대로 된 일을 했는지 성과에 관한 것을 말한다. 꿈이 있고 목표가 있는 병사들은 자신의 꿈에 관해 한 계단 한 계단 올라가기 위해 시간을 보낸다. 자격증을 공부하고 진짜 가고자 하는 그 길을 걸어가는 모습이 보인다. 그리고 삶의 태도도 확연하게 다르다. 군대에서 '오감사 운동'이라고 해서 매일 5가지 감사한 것을 적고 나누는데 이런 병사들의 오감사 내용을 들어보면 항상 감사가 넘치고 매 순간 행복하다는 것을 알 수 있다.

십자인대 수술을 하고 부대에 복귀해 한참 방황하던 때 이런 병사들을 보고 많은 자극을 받았다. 이들은 나보다 더 열악한 환경에 있었다. 군대라는 제한된 환경에서 자신이 할 수 있는 최고의 노력으로 하루하루를 충실히 살아냈다. 이들을 보면 참 멋있다는 생각만 들었다. 아무것도 보이지 않던 그때 이들의 삶이 내게 사명처럼 느껴졌다. 현실을 피하려던 나와 달리 청춘의 모습으로 군 생활을 해내는 그들이 내게 자극이 되었다. 그리고 이들을 다른 병사들의 롤 모델로 삼아 독서모임을 시작했다. 부대에서 시작한 우리 독서모임은 이런 병사들에게 더 좋은 꿈을 꿀 수 있게 시야를 넓혀주고 더 많은 병사가 알찬 군생활을 하도록 동기부여를 해주었다.

독서 모임을 하며 우리는 더 이상 피하지 않았다. 오늘 하루가 배수진이라는 생각으로 열심히 살았고 힘든 일이 있을 땐 함께 이겨내는 법을 배웠다. 책을 한 권 읽을 때마다 생각을 바꿨고 꿈을 꾸고 꿈을 위해 작은 실행이라도 하려고 노력했다. 한 권씩 읽고 나누고 삶으로 옮길 때마다 우리는 청춘의 삶으로 가까워지고 있었다. 그렇게 우리는 청춘이라는 이름으로 군 생활을 즐기기 시작했다.

군 생활을 알차게 하려고 시작한 독서모임. 군대 독서는 단순히 우리의 군 생활만 보람되게 하지 않았다. 군대 독서로 내가 누구인가를 찾아가고 남들이 가는 길이 아닌 나만의 길을 찾으려고 애썼다. 책을 읽으며 꿈을 꿨고 전역 후 사회에서 꿈을 펼치기 위한 준비를 조금씩 해나갔다. 매일 날짜를 세며 전역 날짜를 기다렸지만 막막함은 지울 수 없었다. 책을 읽은 후에는 달라졌다. 매일매일 전역이 그리워졌다. 꿈을 위해 날개를 펼치고 날아갈 그 날을 위해 조금씩 준비했다. 당신이 지금 어느 때에 있는지 모르겠지만 지금 시작하지 않으면 목적 없이, 꿈도 없이, 남들이 가는 길을 따라갈 것이다. 나만의 길이 아닌 남들이 가는 길을 따라가다 보면 퇴사 학교의 장수한 대표가 말한 '잃어버린 20년'은 당신의 이야기가 될 것이다.

군대에서 책을 읽으며 보낸 1년 반이라는 시간. 나는 정말로 많은 성장을 했다. 나는 물론이고 우리 병사들도 우리 부대도 많은 변화를 경험했다. 감히 말하고 싶다. 군대 독서 2년이면 20년을 아낄 수 있다고.

"과장님 덕분에 제 남은 20대에는 방황하지 않을 것 같습니다. 앞으로도 제 청춘을 놓치지 않기 위해 열심히 살겠습니다. 감사합니다."

사령관님 표창장보다 더 감사했던 전역한 병사의 한마디. 놓칠 뻔했던 청춘을 붙잡았다는 것. 군대 독서가 아니었으면 과연 상상이나 했을까? 내가 군대에서 했던 일 중에 가장 크고 감사했던 일. 바로 청춘들을 바로 잡았던 것이다.

02
나의 삶을 이끌어 줄 Book 극성을 찾아라

자기 삶의 사명을 모르면 인생의 후반전에서 멀리 갈 수 없다.

밥 버포드

앞에서 말한 세 부류의 병사 중 두 번째 부류는 꿈과 목적은 뚜렷하지 않았지만 열심히 살고자 하는 마음은 있었다. 그런 병사들에게 가장 시급했던 것이 어디로 나아갈지를 정하는 것이었다. 나 또한 열정은 있었지만 이 열정을 한군데로 모아줄 꿈과 목표가 없었다. 우리는 꿈을 찾는 일부터 시작했다. 하지만 어디서 어떻게 찾아야 할지 막막했다.

나침반이 없던 시절 바다 한가운데서 방향을 찾을 수 있는 유일한 방법은 별을 보는 것이었다. 다른 별이 아닌 바로 북극을 알 수 있는 북극성을 찾는 것이 중요했다. 북극성은 가장 밝은 별은 아니다. 하지만 천구 북극과 가장 가깝기 때문에 우리가 그 별을 기준으로 삼아 방향을 잡는 것이다.

우리는 인생이라는 넓디넓은 바다에서 방황하는 길 잃은 배와 같았다. 스무 살까지 대부분 대학입시만을 목표로 살아가고 그것이 전부인 것처럼 살았는데 막상 대학에 들어가 보니 아무것도 없었다. 이제는 대학이 아닌 취직이라는 새로운 관문만 기다리고 있었다. 우리에게 필요한 건 평생을 쫓아갈 북극성이었다.

책을 읽으며 꿈을 찾아가던 어느 날이었다. 나는 참 열심히 살았는데 무엇을 위해 살았나 하는 생각이 들었다. 지난 세월을 목적도 없이 이리저리 뛰어다닌 느낌이었다. 모두가 중요하다 해서 나도 지금 뛰지 않으면 뒤처진다는 생각에 무엇을 쫓는지도 모르고 달렸다. 내 꿈이라 생각했던 목표들은 다름 아닌 세상이 만들어놓은 기준이었다. 내신과 수능, 대학입시, 학점, 스펙, 취직 등 남들이 해야 한다고 했던 것들만 쫓아 살았다.

초등학교 운동장에 어느 반 아이들이 모두 모여있다. 선생님은 출발 신호와 함께 아이들에게 가장 빠르게 뛰라고 했다. 호루라기가 울리고 아이들은 앞다투어 뛰어가기 시작했다. 모든 아이들이 정신없이 달려나가고 한 아이만 제자리에 가만히 서 있었다. 선생님이 아이에게 왜 뛰지 않느냐고 물었다. 그 아이는 대답했다.

"어디를 향해 달려야 하죠?"

어느 책에서 꿈이 없이 살아가는 사람들을 이렇게 비유했다. 가만히 서서 어디로 향해 가야 하냐는 질문을 한 아이와 달리 나는 정신없이 뛰어다니기만 했다.

우리는 모두 다른 인생을 살아간다. 다른 꿈을 가지고 살아간다. 당신은 무엇을 쫓아가는가? 주변 친구들이 쫓아다니는 공을 덩달아 쫓아가고 있진 않은가. 요즘 20대는 정말 바쁘게 살아가고 있다. 대학 생활, 아르바이트, 자격증, 공모전, 영어점수 등 해야 할 것이 많다. 누구보다 열심히 살아간다. 그들은 무엇을 쫓아가고 있는 것일까? 군대에서도 개인 시간을 쪼개며 열심히 생활하는 병사들이 있다. 하지만 꿈과는 거리가 먼 열심이었다. 저녁 점호를 마치고 연등을 하겠다고 보고하러 온 병사들이 있다. 잠을 줄여가면서 무슨 공부를 하느냐고 물으면 토익을 준비한다고 한다. 왜 토익 공부를 하느냐고 물으면 토익 점수라도 있어야 취직할 수 있을 것 같다고 한다. 전역하기 전 스펙을 준비해야 했던 나는 이렇게 열심히 무언가를 준비하는 병사들에게 이것저것 물어봤다.

"어디 취직하고 싶어? 꿈이 뭐야? "

질문이 계속되면 차마 대답하지 못하고 그저 웃는다. 무엇을 위해 살아야 하는지 나만 모르는 줄 알았는데 대부분의 병사도 마찬가지였다. 요즘에 정말 많은 자격증이 있다. 영어시험도 토익, 토플, 텝스, 오픽, 토익 스피킹까지 있다. 영어뿐만 아니라 중국어, 일본어 시험도 많이 본다. 실력을 객관적으로 측정하고 증명하기에 자격증만큼 좋은 도구도 없다. 성장을 위해 공부를 하고 발전한 나를 위해 자격증을 취득하는 건 정말 좋은 일이다. 하지만 요즘은 맹목적으로 스펙을 위해 자격증을 따라간다. 이력서에 한 줄이라도 더 넣으려고 자격증을 딴다. 공대에 다니던 병사가 한국사능력검정시험 자격증을 공부하길래

"요즘 공대에서도 한국사를 따야 해?"

라고 물어보니 다들 한국사 자격증이 있어서 자기도 따야 한다고 했다.

내가 아닌 남이 기준이 되어버린 세대. 옆에서 누가 이걸 공부한다고 하면 우르르 따라가고 '요즘 이게 유행이래~'라고 하면 다 함께 몰려간다. 시대의 흐름을 따라가는 것과 다른 느낌이다. 오히려 시대의 흐름과 역행한다.

북극성이 중요한 이유는 우리가 가고자 하는 방향에 기준이 되기 때문이다. 북극성처럼 위치가 변하지 않는 별이 기준이 아니라 지구의 자전에 따라 위치가 바뀌는 별을 보고 항해한다면 우리는 영영 목적지에 도착하지 못할 것이다. 우리 모두 이처럼 당연한 사실을 알고 있지만 실제로 많은 청춘이 흔들리는 별을 기준 삼아 소중한 세월을 보내고 있다. 퇴사 학교 교장인 장수한 대표의 인터뷰를 다시 보자.

"수능 공부했던 시간과 대학교 20대 때 스펙을 준비했던 시간이, 바꿔 말하면 '잃어버린 20년'이라고 전 생각하거든요. 그때부터 내가 정말 원하는 걸 알고 정말 준비해야 할 것들을 준비할 수 있었으면 훨씬 더 낭비하는 시간보다는 그 시간을 나의 것으로 쓸 수 있었을 텐데."

우리가 무엇을 바라보고 가야 하는지는 더욱더 명확해진다. 무엇을 기준으로 우리 인생을 결정할 것인가? 나에게 맞는 꿈과 목표. 평생을 바라볼 비전을 찾지 못한 채 사회가 마땅히 가야 한다고 했던 것들을 쫓았던 잃어버린 세월. 서른이 지나고 뒤늦게 깨닫기 전에 지금 깨우쳤으면 한다.

사실 우린 많은 걸 보고 자라지만 제대로 보지 못하고 자랐다. 어릴 적부터 꿈에 대해 많은 이야기를 들었지만 우리가 들은 꿈은 좋은 대학, 좋은 회사였다. 진짜 우리 가슴속에 있던 꿈은 찾지 못한 채 말이다. 진짜 내 꿈을 위한 여정을 출발하기 전에 내게 흔들리지 않을 기준을 찾아야 한다. 어릴 적부터 특별하게 많은 경험을 하지 않은 이상 보통 20대라면 경험이 많이 부족하다. 새로운 것을 많이 보고 듣고 경험하는 게 중요하지만 이십 대는 이런 것들을 모두 충족시킬만한 무언가를 찾기 힘들다. 힘들게 아르바이트를 해서 번 돈을 모두 모아 배낭여행을 가지 않는 이상 말이다. 20대에 가장 효율적이고 효과적으로 간접경험을 쌓을 수 있는 게 바로 독서다. 특히 군대라는 제한된 곳에서는 더욱이 독서 말고는 뾰족한 수가 없었다.

"오늘날 나를 만든 것은 하버드 졸업장이 아닌 우리 동네 작은 도서관이다."

빌 게이츠

수백 권의 책을 읽기 전까진 빌 게이츠의 말이 허풍이라고 생각했다. 이젠 허풍이 아닌 진실이라는 것을 누구보다 깊이 공감한다. 책을 읽으며 느낀 것은 한 권의 책이 단순히 종이 수백 장의 묶음이 아니라는 것이다. 책 한 권에는 한 사람의 인생이 담겨있다. 어떤 책은 한 나라의 역사가 담기기도 했다. 누군가가 수십 년에 걸쳐 이뤄낸 연구결과가 담기기도 한다. 이런 책을 읽다 보면 '내가 알지 못한 세상이 이렇게 넓구나!' 라는 감탄을 한다. 군대 독서에 대해 입에 거품을 물고 얘기하다 보면 책이 답이 아니라고 하는 사람이 있다. 물론 맞는 얘기다. 책뿐만 아니라 기사, 뉴스, 유튜브 영상, 다큐멘터리 등 우리에게 도움이 될 것들은 많다. 하지만 군대라는 곳에서 과연 책만큼 제약 없이 볼 수 있고 손쉽게 구할 수 있는 게 있을까?

모든 Reader(독자)가 반드시 Leader(지도자)가 되는 것은 아니다
하지만 모든 Leader(지도자)는 Reader(독자)였다.

모든 리더는 책을 통해서 마음의 중심을 찾고 자신의 꿈을 이루며 살아갔다. 그렇다면 어떻게 내 인생을 붙잡아 줄 책을 찾아야 할까? 처음에 책을 읽기 시작했을 때 어떤 책을 읽어야 할지 몰랐다. 서울에서 열리는 양재 나비 독서 모임에 찾아가 여러 책을 추천받았다. 이것도 부족했다. 책을 많이 읽으시는 분들을 만나면 무조건 20대에

게 가장 추천하고 싶은 책이 무엇인지 여쭤보기도 했다. 대부분의 독서가는 자신만의 씨앗 독서가 있다. 지금까지 삶 속에서 많은 열매를 맺게 해준 씨앗과 같은 책. 그런 씨앗 독서를 추천받으면 내가 서점에서 제목만 보고 고르는 것보다 훨씬 양질의 책을 읽을 수 있다.

BOOK극성으로 삼을만한 책을 한 권 발견하는 것만큼 큰 기쁨이 없다. 다른 사람의 BOOK극성이 나의 BOOK극성이 될 수도 있지만 아닌 경우가 더 많다. 나에겐 몇 권의 BOOK극성이 있다. 계획을 세울 때 한 달, 1년, 5년, 10년, 평생 계획을 세운다. BOOK극성도 마찬가지다. 내 평생의 방향을 잡아 줄 책이 있고 한 달 동안 나를 이끌어 줄 책이 있다. BOOK극성을 찾는 가장 좋은 방법. 내가 직접 찾는 것이다. 여러 권의 책을 읽고 나에게 가장 맞는 책을 찾아야한다. BOOK극성의 힘은 참으로 강력하다. 이런 책은 오랜만에 다시 봐도 가슴으로 전해지는 힘이 있다.

내가 처음 책을 읽게 했던 책은 박상배 저자의 '본깨적'이다. 여러 가지 독서법이 있는데 그중에 하나의 방법이다. 본 것, 깨달은 것, 적용할 것으로 책을 읽고 정리하는 독서법이다. 나에겐 단순히 독서법을 넘어서 삶을 살아가는 방법과 사고방식까지 바뀌게 해준 책이다. 정말 여러 번 이 책을 읽었다. 이 책을 읽으며 가장 감동적이었던 때

2회차 호랑나비 독서모임 우리는 책으로 하나가 되었다.

는 전역을 앞두고 이삿짐을 싸면서 다시 이 책을 펼쳤을 때이다. 처음 이 책을 읽을 땐 '군대에서도 이런 독서 모임이 가능할까?'라고 의심하며 읽었다. 그때 책의 여백에 내 생각들을 연필로 적어둔 메모들이 여기저기 있다. 또 독서모임을 하면서 다른 색의 펜으로 그때의 심정들을 적어둔 메모도 있다. '본깨적'을 읽고 또 읽을 때마다 그렇게 흔적을 남겼다. 전역하기 전 지나온 세월이 담긴 그 책과 메모를 보니 가슴이 뭉클해졌다.

군대에서 평생을 가져갈 BOOK극성을 찾지 못하더라도 당장 내 20대를, 군 생활을 지켜줄 BOOK극성은 찾을 수 있다. 기준이 없으면 평가할 수 없다. 남과의 평가가 아닌 나 스스로 목표로 삶고 있는 인생의 수준과 나를 비교해야 한다. 남이 아닌 내가 되고자 하는 나, 내가 살고자 하는 삶과 비교해야 한다. 나를 이기는 자는 누구도 꺾을 수 없다. 2015년 나의 BOOK극성은 '본깨적'과 '성과를 지배하는 바인더의 힘' 그리고 '숲에게 길을 묻다'였다. 그리고 점점 나의 관심사에 맞게 경영, 고전, 교육, 창업에 대한 책들로 분야를 넓혀가다 보니 내가 걸어 나가야 할 길들이 책 속에서 보이기 시작했다.

진짜 좋은 책은 한 번 읽고 덮는 것이 아니라 보고 또 보는 책이다. 잠자리에 들기 전 머리맡에 두기만 해도 눈을 감으면 책 속 내용이 생각나고 그 생각으로 내일을 살아갈 힘을 주는 그런 책. 그런 책이 바로 나의 BOOK극성이다. 매 순간순간마다 나를 이끌어 준 BOOK극성 덕분에 힘든 그 시절은 견딜 수 있었다. 또한 지금도 많은 BOOK극성이 나를 이끌고 있다.

망망대해에서 뱃사람들이 북극성을 보고 길을 찾았던 것처럼 우리는 책으로 우리 인생의 방향을 잡고 나아가야 한다. 앞이 보이지 않는 망망대해 같은 군대에서 우리를 바른길로 이끌어 주었던 것은 북극성이 아닌 바로 BOOK극성이었다. 군대에서 내 인생을 변화시켜줄 BOOK극성 한 권만 찾아도 이미 당신의 군 생활은 성공한 것이다.

03
방황하지 말고 방향을 잡자

인생은 속도가 아니라 방향이다.

-괴테-

책을 처음 접하는 병사들에게 내 BOOK 극성을 추천해주면 갑자기 달려와 이런 말을 한다.

"과장님! 저도 이 책의 주인공처럼 이쪽 분야로 도전해 볼래요!"

무역으로 성공한 사람의 책을 읽으면 무역을 하고 싶어지고, 마케터로서 사회에서 유명해지면 갑자기 마케팅 쪽을 공부하겠다 하는 이런 식이었다. 나는 저자의 삶의 태도와 열정, 집념 등을 보고 배우라고 추천해 준 책인데 책을 읽고 나서는 무작정 저자처럼 살아가겠다고 하는 병사들이 있다.

북극성은 북쪽을 나타내는 별이지 내가 가고자 하는 방향이 아니다. 북극성이 가리키는 북쪽을 향해 나아가는 것이 목적이다. 우리가 BOOK 극성으로 어떤 기준을 잡았다면 나만의 방향을 찾는 것이 다음 과제이다. BOOK 극성으로 잡은 기준으로 이제 나의 목적지를 정해야 한다. '북쪽이 저쪽이니 내가 가야 하는 방향은 이쪽이구나.'하며 나만의 방향을 찾아야 한다.

GE의 최고 경영자였던 잭 웰치는 이런 말을 했다.

"전략의 첫 번째는 자신이 세상에서 현재 어디에 있는지 아는 것이다. 어디에 있었으면 좋겠다, 앞으로 어디에 있고 싶다가 아니라 지금 어디에 있는가이다. 두 번째는 5년 후 어디에 있고 싶은지 아는 것이다. 마지막은 현 위치에서 희망 위치로 갈 가능성을 현실적으로 평가하는 일이다."

(사람은 무엇으로 성장하는가 p.168)

길을 찾아갈 때 가장 중요한 3가지가 있다. 첫째는, 자신의 위치를 아는 것이다. 둘째는, 어디로 향해야 할지 방향을 아는 것이다. 셋째는, 앞으로 나아가는 것이다. 요즘 20대는 자신이 무엇이 부족한 것도 잘 알고 무엇을 해내는 걸 보면 두 발로 걸어가는 것도 잘 하는 것 같지만, 방향에 관해서는 조금 부족한 것 같다.

꿈을 위해 살아가기로 결심하고 이런 삶을 사는 사람들을 찾아봤다. 여러 책이나 기사, SNS에서 자신의 꿈과 비전을 위해 살아가는 사람들을 보면 자신만의 인생 지도가 있다. 그리고 남들과는 다른 인생의 목적지를 향해 살아간다. 분명한 방향을 정하고 살아가는 이들과 아닌 사람들의 차이는 크다. 자신만의 지도와 꿈을 가지고 살아가는 사람을 보면 살아있다는 느낌을 받을 뿐만 아니라 힘든 순간도 거뜬히 이겨내는 걸 볼 수 있다.

군대에서 여러 병사들을 보면서 안타까운 것들이 참 많았다. 아침 일찍 출근해 병사들이 아침 점호를 받고 연병장을 뛰고 아침을 먹으러 가는 것을 보면 눈동자에 힘이 없다. 매일 반복되는 일상과 군대라는 울타리 안이라 의욕이 없고 목표가 없는 건 이해가 가지만 그들을 볼 때면 너무나 아쉬운 마음이 컸다. 아무리 힘들고 어렵고 재미없는 군 생활이라 하지만 20대 초반의 황금같은 나날들을 반쯤 풀린 눈으로 살아가는게 정말 안타까웠다. W

사실 나도 자대로 전입 오고 처음에는 그들과 다를 바 없었다. 책을 만나서 꿈을 꾸기 전까지 거의 1년이라는 시간 동안 우울증에 시달릴 정도였다. 계속 배워도 어려운 각종 훈련 용어들, 해도 해도 줄어들지 않는 부대 업무.. 여가라고는 즐길 곳 없는 산골짜기… 남들이 다 말렸던 입대. 내 고집으로 온 곳이었기에 뭐라도 해보고 싶었지만 내 맘대로 되는 것은 하나도 없었다. 잘하기보다는 중간이라도 하고 싶었다. 내가 이렇게 잘하는 게 없나… 매일 그런 생각을 하다 지쳐 잠들었다. 엎친 데 덮친 격이라고 그렇게 하루하루 버티다 두 달 쯤 지났을까, 무릎 상태가 더 안 좋아졌다. 더 이상 수술을 미룰 수 없어 병가를 내고 집에 왔다.

병가를 받았지만 힘들었던 군 생활을 잠시 쉴 수 있다는 기쁨보다는 '왜 이렇게 살고 있을까?'라는 걱정이 더 많았다. 온종일 침대에 걸터앉아 한숨만 쉬었다. 핸드폰은 쉴 새 없이 울려댔다. 동기들은 한창 선임으로부터 인수인계를 받고 자기 부대에서는 이렇게 한다. 오늘은 이런 걸 배웠다 서로 자랑하며 이야기를 나누었다. 나는 핸드폰을 무음으로 바꿨다. 침대 옆 방문 옆에 작은 책장에 눈이 갔다. 맨 위 칸에 재수 학원에 들어가기 전에 샀던 책이 꽂혀있었다. 강헌구 교수님의 '가슴 뛰는 삶'이었다. 정성스럽게 연필로 줄을 친 한 문장이 있었다.

"간절한 꿈을 가진 사람들은 사랑에 빠진 것처럼 얼굴에서 늘 빛이 난다. 항상 행복한 표정으로 1분 1초도 낭비하지 않고 신나게 산다."

나는 꿈이 없었나? 누구보다 뜨겁고 큰 꿈을 가졌다고 자부했는데… 최근 몇 개월은 아무 의욕 없이 살아왔다. 평생 군인을 하겠다는 동기들처럼 열심히 군 생활 하겠다던 목표는 사라진 지 오래였고 다른 동기들처럼 퇴근하고 자기계발을 하는 것도 아니었다. 꿈을 가진 사람은 1분 1초도 낭비하지 않는다는데 나는 목표를 위해 살았던 시간이 1분 1초도 없었던 것 같았다.

그렇게 병원에 입원하고 십자인대 재건 수술을 했다. 하반신 마취를 하기 위해 척추 주사를 놓아야 했다. 차가운 바늘이 척추로 들어오는 느낌이 이상했다. 정신은 깨어있고 다리에 감각은 없었다. 수술대에 오른 기분이 나쁘지만은 않았다. 이렇게라도 군대 밖에 있는 것이 더 좋겠다는 생각이 들었다…

수술을 하고 두 달 가까이 집에 누워만 있었다. 두 달 때쯤 지나니 목발을 짚고 걸어 다닐 정도가 되었다. 다시 부대로 복귀했다. 자대에 전입 간지 얼마 안 된 상태에서 두 달의 공백은 너무나 컸다. 동기들은 이제 인수인계를 다 받고 자기 몫을 하는데 나는 배웠던 것도 다 잊어버렸다. 매일 아침 출근하며 병사들의 눈빛을 봤다. 몸도 마음도 지쳐버릴 대로 지친 나와 같은 눈빛을 가진 저 아이들. 무엇이 문제인지 모르겠지만 확실히 무언가 잘못되었다.

강원도 인제에서 첫 번째 겨울은 유난히 추웠다. 영하 30도 가까이 떨어지는 인제에서 내 가슴만큼은 차가워지지 않으려고 매일 발버둥 쳤다. 하루하루 의미를 부여하고 내가 맡은 일 한 가지, 한 가지 일에 최선을 다하면서 말이다. 그렇게 외롭고 쓸쓸한 방황을 얼마나 했을까. 앞으로 나아가진 못하더라도 버틴다는 생각으로 살다 보니 어느 날 중위가 되었다. 하늘이 내린 기회였을까. 내 오랜 방황을 끝마칠 계기가 찾아왔다. 중위가 되고 며칠 뒤 사령부에서 주관하는 독서 코칭 교관 교육에 우연히 참석하게 되었다. 장교 중 막내라서 참석했던 이 교육이 나와 우리 병사들에게 인생을 바꿔줄 터닝포인트가 될 줄은 몰랐다. 독서법에 대한 강의와 독서 모임에 대한 내용을 교육받았다. 독서에 관한 강의라고 하길래 시큰둥한 태도로 교육을 듣기 시작했다. 독서의 장점이야 그동안 숱하게 들어왔었다.

하지만 2시간이라는 시간이 지나니 내 생각은 완전히 뒤집어졌고 내 마음은 뜨거워졌다. 강헌구 교수님의 '가슴 뛰는 삶'처럼 살고 싶다는, 아니 그렇게 살 수 있을 것 같다는 자신감이 생겼다. 그래서 2

시간 강의가 끝나고 점심시간에 바로 관련된 책 2권을 샀다. '본깨적'과 '성과를 지배하는 바인더의 힘'이었다. 그 날 밤 나는 잠을 자지 못했다. 밤새 책 2권을 읽느라 한숨도 못 잤다. 다음날 나는 설레는 마음에 피곤한 줄도 몰랐다. 다시 열정을 불어넣어 준 2권을 시작으로 책을 읽어나갔다. 처음엔 많이 흔들렸다. 책을 처음 읽은 병사가 내게 물었던 것처럼 나도 책을 읽을 때마다 방향을 바꿨다. 어떤 날은 이걸 쫓고 어떤 날은 저걸 쫓았다. 그렇게 이리저리 흔들리다가 깨달았다.

북극성을 가는 게 목적이 아니다. 북극성을 향해 나아가는 것이 목적이다.

이 깨달음을 얻고 나서는 예전처럼 읽는 책에 따라서 이리저리 흔들리지 않았다. 내가 원하는 방향을 잡아 나갔고 여러 BOOK 극성 내가 필요한 부분만 따라 하며 그렇게 내 인생에서 처음으로 나만의 BOOK 극성을 찾았다. 그리고 길고 긴 방황을 마치고 내 꿈을 향한 방향을 잡았다. 간절한 꿈이 생기기 시작했다. '가슴 뛰는 삶'에서 나온 말처럼 내 얼굴에서 빛이 나는 것 같았다. 군대에서 내가 가고자 했던 방향은 꿈을 구체적으로 그리는 것이었다. 나는 물론이고 우리 병사들과 함께 꿈을 찾고 싶었다. 그래서 책을 읽기 시작했고 5명의 병사와 함께 독서 모임을 만들었다.

사회에서 의지 있는 사람들끼리 모여도 유지되기 힘든 독서 모임을 군대에서 하려 하다니… 내가 제정신인가 나도 의심했다. 하지만 가슴이 내게 말하고 있었다. 더는 방황하며 낭비하는 삶을 살 수 없었다. 그렇게 책이라는 도구로 다시 내 가슴이 뜨거워졌다. 그리고 방황하던 삶에서 나와 방향을 잡고 나아가는 삶에 빠지니 멈출 수 없었다.

군대 안에서 군인의 신분으로 우리가 원하는 꿈들을 이뤄낼 순 없었다. 하지만 여행하기 전에 여행지에 대한 정보를 찾아보고 미리 코스를 계획하고 정보를 수집하는 것처럼 준비는 할 수 있었다. 기본적으로 사명, 비전, 꿈에 대한 책들을 읽고 각자 자신의 BOOK 극성을 따라 방향을 잡고 조금씩 자기만의 영역으로 독서를 확장시켜 나갔다. 마치 건물을 짓기 전에 디자인과 설계를 마치고 미리미리 건축자재를 모으는 사람들처럼 우리는 꿈을 짓기 위한 준비를 차근차근히 해나갔다.

책을 통해서 각 영역의 전문가들을 만나고 소위 성공했다고 하는 사람들의 삶을 엿보니 우리들의 생각도 180도 바뀌었다. 힘들다고만 생각했던 군 생활이 아무것도 아닌 것처럼 느껴졌다. 책을 읽기 시작한 병사들은 자신을 힘들게만 한다고 생각했던 군대라는 곳이 오히려 자신에게 역경 근육을 길러주고 좁은 마음을 넓혀주는 계기를 주었다고 긍정적인 사고를 하기 시작했다.

청춘… 그 이름… 우리 가슴에 다시 청춘의 삶이 들어왔다. 지난 몇 개월 동안 아무것도 하지 않은 내가 한심 했지만, 지금이라도 정신 차리고 내가 하고자 하는 목표가 생겼다는 것이 너무 행복했다. 꿈을 위해 방향을 정하고 꿈을 짓기 위한 재료를 모으는 과정에서 우리는 행복했다. 호랑나비 독서모임을 통해 행복해진 우리. 5명의 행

6회차 호랑나비 독서모임 '멈추지마 다시 꿈부터 써봐'

복이 부대 전체로 퍼지는 건 순식간이었다. 군 생활 내내 말을 듣지도 않던 병장들이 전역할 즈음 내게 찾아와 면담 하며 생각이 바뀌었고 그것을 본 상병들이 책을 읽기 시작했다. 자연스레 부대 내에 있는 모든 병사가 책을 가까이하게 되었다.

그렇게 방황하던 우리는 군대에서 항해를 시작했다. BOOK 극성을 기준 삼아 각자의 인생이라는 바다에서 목적지를 향해 나아갔다. 방황하던 청춘들의 잠재된 에너지는 엄청났다. 방향을 한번 잡기 시작하더니 꿈이란 마약에 중독된 사람들처럼 무섭게 달려갔다. 군대에서 청춘의 향기는 이렇게 피어났다.

04
생각하는 대로 살아내는 사람
vs 살아가는 대로 생각하는 사람

생각하는 대로 살아야 한다.
그렇지 않으면 사는 대로 생각하게 된다.

– 폴 발레리

　나는 세상에 두 종류의 사람이 있다고 생각한다. 생각하는 대로 살아내는 사람과 살아가는 대로 생각하는 사람. 나는 인생의 대부분을 후자로 살아왔다. 내 생각대로 살아낸 적은 거의 없던 것 같다. 당신은 어느 편에 속하는가? 군대에서 책에 미쳐 있었을 때 내가 만나는 병사마다 BOOK 극성을 찾아주려고 노력했다. 그리고 그들이 원하는 방향을 찾아주려고 틈이 나는 대로 이야기를 했다. 다행히 많은 병사가 생각도 바뀌고 꿈도 찾아가고 삶의 태도도 바뀌었다. 하지만 오래가지 못했다. '왜 저들이 이렇게 쉽게 포기하는 걸까?', '그들이 보여준 마음은 진심이 아니었나?'라는 생각까지 했다. 문제는 지속성이었다.

"책을 읽고 꿈을 꾼다. 그리고 그 꿈을 이루기 위해 머릿속에 있는 꿈을 현실로 만들기 위해 하루하루 살아낸다."

말은 쉽지만, 이 과정을 실제 살아내기란 정말 어려운 일이다. 살아내는 것과 살아지는 것. 만들어내는 것과 만들어지는 것. 생각대로 살아내는 사람과 살아가는 대로 생각하는 사람. 말장난 같은 이 표현들이 우리 인생에서는 엄청난 결과를 만든다.

"유(有)는 형체가 없는 도인 무(無)에서 나온다."

도덕경 40장에 나온 말처럼 우리는 진짜 무에서 유를 창조하는 사람들이다. 나는 이 구절이 우리 청춘들에게 가장 어울리는 말이라고 생각한다. 우리는 정말 가진 것이 없다. 가진 것이라곤 젊음과 열정뿐이다. 말 그대로 보이지 않는 젊음과 열정으로 할 수 있는 건 아무것도 없다. 하지만 이 젊음과 열정이 꿈이라는 목표를 만나기만 하면 뜨겁게 불타올라 무엇이든 이뤄낼 수 있다. 청춘은 아무것도 두려울 게 없는 시기다.

"새벽 시간은 진주를 품는 시간이다."

내가 좋아하는 '새벽 나라에 사는 거인' 에 나오는 말이다. 진주를 품는 시간은 인고의 시간이다. 진주는 자기의 몸 안으로 들어온 아주 작은 '이물질'에 불과했다. 그러나 그것은 조개의 목표가 되었고 조개는 그렇게 천천히 목표를 품고 인내의 결정체를 만들어 간다. 이제는 100세 시대를 넘어 120살까지 사는 시대라고 한다. 인생 전체를 120년으로 봤을 때 20대는 1/6에 불과하다. 스무 살부터 서른 살까지 하루를 24시간이라고 하면 새벽 4~6시 사이다. 우리는 아직 이른 새벽이다. 우리는 지금 진주를 품어야 하는 시간이다. 진주를 품는 시간은 인고의 시간이다. 내 인생에 원치 않은 역경과 장애물들이 있다. 그것을 뱉어내기만 하면 아무것도 남는 것이 없다. 하지만 내가 아프더라도 이물질을 품고 살아내면 진주라는 보석이 내 품속에 남는다.

청춘이라는 때에 진주를 남길지 아무것도 남기지 않을지는 순전히 내 마음에 달렸다. 이물질을 품고자 하는 마음, 이 역경을 통해 성장하겠다는 마음이 있는 사람만이 진정한 청춘이지 않을까. 분명한 건 이렇게 진주를 만들겠다는 결단을 품고 사는 20대와 그렇지 않은 20대의 삶은 다른 결과를 만들 것이다. 나도 솔직히 매 순간 진주를 만들겠다는 생각은 하지 못했다. 후보생 때 장교가 되기 위해 훈련을 받으면서도 어떻게 하면 편하게 훈련을 받을까 꾀를 부렸다. 남들이 보지 않을 땐 나 스스로와 타협하며 '적당히'를 외쳤다.

20대에겐 조금 슬픈 이야기다. 꿈이 없는 병사들을 볼 때 내가 가장 안타까웠던 것이 바로 눈빛이었다. 처음엔 그냥 피곤한 눈빛이겠지 했는데 그게 아니었다. 쳇바퀴같이 똑같은 생활 속에서 아무 의미 없이 살아가고 있는 모습이었다.

다른 사람들의 만류에도 불구하고 내가 군대에 가기로 결정한 데에는 몇 가지 이유가 있다. 그중에서도 피에르 가르뎅의 일화가 내 결정에 큰 도움이 되었다. 세계적인 패션 디자이너 피에르 가르뎅의 성공에 대하여 유명한 일화이다. 피에르 가르뎅의 성공 비결은 '동전 던지기'였다고 한다. 그는 인생의 중요한 선택 앞에서 동전 던지기를 했다고 한다. 제2차 세계대전이 끝난 직후 디자이너가 될지 적십자사에서 계속 일할지 결정할 때도 동전 던지기를 했다. 훗날 피에르 가르뎅이 성공했을 때 기자가 그에게 말했다.

"그렇다면 당신은 정말 행운을 타고 났군요. 동전을 던질 때마다 좋은 선택을 했으니깐요."

하지만 그는 굳은 표정으로 말했다.

"동전 던지기가 내 성공의 비결이 아니라오. 내 성공의 비결은 어느 선택을 하든 그 선택으로 인한 후회가 없도록 최선을 다했기 때문이오."

그렇다. 이 세상에 옳은 선택은 없다. 앞길을 알 수 없는 상황에서의 선택이 나의 인생을 바꾸기보단 그 선택 이후의 내 삶의 태도가 내 인생을 만든다. 사람들은 확률을 참고해 선택한다. 통계 자료에 불과한 수치를 보고 선택을 한다. 성공할 가능성 10%. 실패할 가능성 90%. 내가 10% 확률에 들어가지 못한다는 법은 없다. 당신은 당신이 정한 선택이 옳은 선택으로 만들기 위해 최선을 다해야 한다.

"남자는 군대를 다녀와야 시작이다."

내가 군대에 가기 전에 주변에서 가장 많이 들었던 말이다. ROTC를 하며 또래보다 군대에 늦게 갔다. 주변에 군대를 다녀온 형들과 친구들을 보며 남자는 확실히 군대에 다녀와야 한다는 것을 느낀 적도 많다. 그렇다고 모두가 변한 것은 아니었다. 학군단 후보생 생활을 하며 오랜 시간 군대에 대해 고민했다. '남자는 군대를 다녀와야 시작이라는데 나는 남들보다 몇 년이나 늦은 거지? 보통 1학년 끝나고 가는데 나는 졸업하고 가니 3년이나 늦네. 게다가 재수 1년까지… 총 4년이 늦은 건가?' 남자는 군 복무 시기만큼 또래 여성보다 사회생활 진출이 늦다. 대학교 1~2학년을 마치고 군대에 다녀오면 여자 동기들은 이미 취업을 준비하고 있다. 얼마 지나지 않아 친했던 대학 동기나 고등학교 동창들이 취직했다는 소식을 듣는다. 당신은 20년을 넘게 주변 목소리를 들으며 살아왔다. 주변에서 말하는 좋은 대학, 좋은 회사를 위해 살았다. 군대는 시간 낭비하는 곳이다. 정확하게 말하면 밖에서 군인들이 뭘 하는지 잘 모르는 사람들이 보기에만 그렇다. 군대는 나라를 지키는 곳이다. 수십 만 명의 군인들이 우리나라를 지키기 위해 밤낮 가리지 않고 훈련을 하고 경계를 선다. 군생활을 아무리 열심히 해도 21개월이라는 의무복무시간은 줄지 않는다. 반대로 군 생활 내내 힘든 일을 피해 이리저리 숨어다녀도 21개월보다 더 길게 군대에 있는 것도 아니다.

"믿음은 바라는 것들의 실상이요
보이지 않는 것들의 증거니

히브리서 11장 1절"

내가 소중히 여기는 가치관 중 하나가 바로 믿음이다. 불가능한 상황, 말도 안 되는 조건들 속에서도 나는 믿음을 잃지 않으려고 노력한다. 나는 주변 사람들에게 내가 믿는 대로 생각하고 말한다. 공개적으로 당당하게 말한다. 내가 말한 대로 행동하지 않으면 창피할 정도로 확신에 차서 말한다. 그러다 보면 작은 행동이라도 내 믿음을 따라 하게 되고 그 행동이 습관이 되고 습관은 내 인생을 결정짓는다. 결국 내 믿음대로 내 인생이 만들어지는 것이다.

여기까지만 책을 읽어도 많은 생각이 들었을 것이다. 그동안 당신이 안 된다고 생각했던 수많은 이유가 생각났을 것이다. 정말 불가능했던 것일까? 자문도 해보고 차라리 그때 더 도전해볼 걸 하는 아쉬움도 있을 것이다. 중요한 건 그 아쉬움이 여기서 끝나야 한다는 것이다.

우린 스스로를 믿었다. 다른 동기들이 스펙을 쌓는 동안 나는 책을 붙잡고 있는 나 자신을 믿었다. 내 꿈을 위해 걸어가는 작은 발걸음이 절대 헛되지 않았다는 것을 믿었다. 우리의 믿음대로 꿈꾼 그대로 말한 그대로 우리는 살아가고 있다. 아직은 나도 우리 병사들도 세상에 소리칠 만큼 큰 변화를 이뤄내지는 못했지만 우리는 여전히 믿는다. 지금까지의 변화가 증명하듯이 우리는 생각하는 대로 살아내고 있다. 이 글을 읽고 있는 지금 당신의 머릿속에 떠오르는 생각이 있을 것이다. 그 생각을 작게라도 시작해라. 이 작은 실행 여부가 생각대로 살아가는 사람과 살아가는 대로 생각하는 사람의 차이다. 지그지글러는 이렇게 말했다.

"You don't have to be great to start. But You have to start to be great."
"위대한 상태에서 시작할 필요는 없다. 하지만 위대해지려면 시작해야한다."

당신이 다른 사람이 되기 위해, 위대한 사람이 되기 위해 필요한 것은 돈도 학벌도 외모도 아니다. 바로 실행이다. 지금 당장 생각을 실행해라.

군대 독서로
군 생활이
바뀔까?

01
군대는 시간 낭비하는 곳

"군대 갈까 말까 고민중이에요."
"야 무슨 고민이야~! 2년 시간 낭비하지 말고 면제받아!"

전방 십자인대가 끊어지고 나서 군대에 갈지 수술을 받고 면제를 받을지 고민할 때 사람들이 내게 제일 많이 하던 말이었다.

대학교 4학년 2학기 중간고사를 마치고 임관 종합평가도 모두 마친 10월이었다. 장교로 임관하기 위한 모든 준비를 마쳤다. 무사히 졸업만 하면 된다. 너무 안심했던 걸까. 임관 종합평가도 중간고사도 마치고 나니 너무 들떴나 보다. 축구를 하다 무릎을 다쳤다. 평소 거

칠게 축구를 하던 나는 자주 다쳤다. 근데 이번에는 심상치 않았다. 너무 아팠다. 무릎이 뒤로 넘어가는 느낌이다. 어지간히 아프지 않고서는 병원에 가지 않는다. 이번에도 며칠 참아보려 했다. 하지만 다음날 무릎이 너무 많이 부어서 병원에 갔다.

"전방 십자인대 완전 파열입니다."

그리고 이어지는 의사 선생님의 한마디

"군대 갔다 왔어요?"
"아니요…"
"그럼 안 가도 되겠네요"
"……."

십자 인대는 부분 파열이 있고 완전 파열이 있다. 보통 부분 파열은 수술하지 않고 재활운동을 통해서 회복한다고 한다. 완전 파열은 수술하지 않으면 주변 관절까지 손상을 입을 수 있다. 더 정확한 진료를 위해 큰 대학 병원에 갔다. 십자인대 수술은 함부로 하면 안 되기 때문에 좀 더 경과를 지켜보자고 하셨다. 나는 실낱같은 희망으로 다음 진료 날짜만을 기다렸다. 더 다치지 않게 조심하고 허벅지 근육

운동도 틈틈이 했다. 12월, 차가운 겨울이 시작될 무렵 다시 병원을 찾았다. 의사 선생님 표정이 심각하다. 수술을 해야 한다고 하셨다. 바로 다음 달로 수술 날짜를 잡았다. 나는 머릿속이 하얘졌다. 혹시나 하는 마음에 수술하게 되면 얼마 만에 회복할 수 있는지 물었다. 최소 8주는 돼야 정상적으로 걸을 수 있다고 하셨다. 달리기는 더 오래 걸린다고 하셨다.

'1월에 수술하면 3월이 돼서야 겨우 걸을 수 있네…'

3월 임관을 하면 바로 OBC에서 훈련을 받기 시작하는데 1월에 수술을 받으면 제대로 훈련을 받을 수 없었다.

"야~ 장재, 재영이는 대학원 붙었대~! 너도 빨리 수술하고 대학원 준비해봐~"

나와 비슷한 시기에 십자인대를 다친 동기는 수술하고 면제를 받았다. 대학원 준비한다는 소리는 들었지만 정말 붙을 줄이야… 같은 학군단 동기들조차 고민하는 나를 이해하지 못했다. 내가 그동안 얼마나 열심히 했는지 처음부터 지켜본 동기들이었지만, 면제라는 기회는 남자라면 누구나 갖고 싶은 티켓이었으니 말이다. 수술하고 면제

를 받고 대학원을 준비할지, 수술은 나중으로 미루고 일단 장교로 임
관을 할지… 고민했다. 결국 군대에 가기로 했다.

면제 대신 군대의 길을 선택했다. 피에르 가르뎅처럼 나는 내가 한
선택이 반드시 옳은 선택이 되도록 열심히 살았다. 하지만 현실은 쉽
지 않았다. 짧은 군 생활 28개월 동안 정말로 많은 우여곡절을 겪었
다. 수술도 하지 않고 제대로 재활도 받지 않은 상태에서 4개월의 장
교 초등군사교육(OBC)과정에 입소했다. 오래달리기부터 유격훈련,
전술 행군까지 모든 과정을 열외 없이 받았다. 나에게 지기 싫었다.

내가 아프다는 핑계로 스스로와 타협하며 뒤로 빠지는 장교가 되기는 정말 싫었다. 그렇게 크고 작은 산들을 넘기고 무사히 OBC 과정을 수료했다. 자대로 가서 한창 인수인계를 받으며 적응하며 지냈다. 하지만 그동안 버티고 버티다 더 이상 견디지 못한 무릎에서 신호가 왔다. 여러 훈련을 받으며 밤새 쑤신 무릎을 붙잡고 잠이 들었다. 그런 증상이 단순히 무릎 통증인 줄 알았는데 아니었다. 십자인대가 없어 내 관절이 대신 그 역할을 하고 있던 것이었다. 관절은 조금씩 찢어지고 있었고 수술을 받아야 할 지경에 이르렀다. 그렇게 나는 한창 인수인계를 받고 업무를 익힐 시기에 병가를 내고 십자인대 수술을 받아야 했다.

지휘관의 배려로 병가와 청원 휴가까지 두 달 가까운 기간 동안 쉴 수 있었다. 말이 쉬는 것이지 거실 소파에 누워 아무것도 하지 못했다. 화장실을 갈 때도 부엌에 갈 때도 기어갔다. 재밌는 채널을 골라보며 TV와 시간을 보내는 것도 하루 이틀이었다. 카카오톡을 통해 부대의 상황들을 접하면서 내가 지금 뭐하는 건가… 하는 생각도 들었다.

막내인 내가 해야 할 일들을 선임들이 나눠서 하고 있었다. 내가 차라리 아예 군대에 가지 않았더라면 다른 동기가 우리 부대에 갔을 테고 피해도 없었을 텐데, 내 욕심에 군대에 가서 피해를 주는 건 아닌지 자책도 했다. 복귀하고도 나의 고민은 계속되었다. 나도 군 생활을 의미 있게 보내고 싶었지만 나와 함께 지내는 병사들도 군대를 소중한 기억을 남겨주고 싶었다. 하지만 나조차도 하루하루 힘겹게 버티고 있어서 다른 누구도 눈에 들어오지 않았다. 퇴근하면 샤워하고 침대에 눕기 바빴다. 몸도 마음도 지쳐갔다.

매일 머릿속에 울리는 한마디,

"무슨 고민이야~! 군대 가서 시간 낭비하지 말고 그냥 면제받아!"

그리고 매일 밤 침대에 누워 후회하며 잠들었다.

'차라리 그때 수술을 하고 면제 등급을 받는 건데… 괜히 왔나? 이렇게 시간 낭비 할 줄 알았으면 안 오는 건데.'

하지만 하늘은 내 기도를 저버리지 않았다. 마치 비가 온 뒤 맑은 하늘이 보이는 것처럼 가장 막막한 시절을 보내니 내게 최고의 순간이 다가왔다. 우연히 갔던 교육이 그동안 안개 속을 헤매던 내게 밝은 빛을 비춰주는 듯한 느낌이 들었다. 이렇게 나와 독서의 인연은 시작되었다.

그 날 이후로 미친 듯이 책에 빠져 살았다. 퇴근하면 침대에 눕기 바빴던 내가 책상에 앉아 책을 읽기 시작했다. 지난 1년간의 방황이 지금 이 순간을 위한 것처럼 느껴졌다. 간절히 물을 찾아 헤매던 나그네가 오아시스를 만난 것처럼 책을 집어삼켰다. 시간 낭비만 하던 나는 독서를 통해 나의 인생을 변화시키고 있었다.

책이라는 터닝포인트 덕분에 내 군 생활은 180도 바뀌었다. 내 인생의 황금기가 찾아온 것만 같았다. 이전까지는 무의미한 날들의 연속이었다. 나도 군대에 가서 중위가 되고 책을 읽기 시작하기 전까지는 대부분 시간 낭비만 했다. 아니 그 당시에는 시간 낭비하려고 그랬던 것이 아니다. 나한테는 무언가를 할 여력이 없었다. 설사 의욕이 있더라도 무엇을 해야 할지 몰랐다.

내가 본 군인의 대다수는 군대에서 시간 낭비만 하다 전역한다. 나리를 지키는 것만으로도 2년이라는 시간은 가치 있다. 하지만 일과 외에 개인 시간에 충분히 더 많은 성장을 위해 준비할 수 있는데 그 시간을 붙잡는 군인들은 보기 힘들었다. 군대는 갈 수밖에 없다. 어차피 갈 수밖에 없는 군대라면 '시간 낭비'보다는 내 인생에 도움이 되는 '시간 저축' 같은 존재가 되어야 한다.

군대가 내 꿈을 위한 '시간 저축'이 되기 전 나와 같이 '시간 낭비'라고 생각하는 병사들이 많았다. 독서 모임을 하면서 나는 이런 부정적인 생각을 하는 병사들의 생각을 바꾸기 위해 정말 많이 노력했다. 하지만 우리 부대에 독서 문화가 어느 정도 퍼졌을 때도 여전히 독서에 대해 부정적인 병사가 있었다. 바로 재홍이었다. 재홍이는 평생 공부만 해온 아이다. 중학교 때는 외고에 들어가기 위해 열심히 공부했다. 목표했던 외고에 들어가고 외고에서는 대학을 위해 공부했다. 3년 동안 열심히 공부했지만 원하는 대학에 들어가려고 재수를 했고 결국 서울대에 합격했다. 재홍이는 공부를 좋아하거나 머리가 타고난 스타일이 아니었다. 순전히 노력으로 외고, 재수를 통해 서울대에 합격했다. 지금까지 살아오면서 시간 낭비를 한 번도 한 적이 없는 재홍이다. 재홍이는 자신의 삶 중에서 군대를 유일하게 시간 낭비하는 곳으로 생각했다. 옆에서 보기에 너무 아쉬웠다. '저 아이가 군대에서 조금만 책을 읽으면 정말 멋있게 바뀌고 성장할 수 있을 텐데…'. 재홍이는 나와 같은 노력파였다. 열정만 심어주면 주변에 선한 영향력을 엄청나게 끼칠 아이였다. 완강한 그의 태도에도 굴하지 않고 나는 만날 때마다 책을 읽으라며 좋은 글들을 말했다.

병사들에게 좋은 글들을 말하다가 그냥 잊히는게 아쉬워서 책을 읽다가 나오는 짧은 명언들을 적어주려고 캘리그라피를 연습한 적이 있다. 잘 쓰진 못했지만 병사들도 신기했던지 좋은 글과 함께 자신들의 좌우명을 써 달라고 점심시간에 찾아오기도 했다. 이런 모습을 지켜보던 재홍이와 눈이 마주쳤다. 며칠 뒤 함께 당직 근무를 서는데 재홍이가 내게 말했다.

"과장님, 제가 성공한 사람들은 많이 봤지만 과장님처럼 열정적인 사람은 처음 봤습니다."

"갑자기 왜?"

"과장님 처음에 저희한테 책 읽으라고 하셨을 때 '마음의 편지'에 이름이 적혀 나왔어도 포기하지 않으시지 않았습니까, 저도 책을 절대 안 읽는다고 했지만 매일같이 좋은 책들을 소개해 주시고.. 저희가 잠들고 나서 퇴근하시고 아침에는 저희가 일어나기도 전에 일찍 출근하셔서 책도 읽으시고, 최근에는 병사들한테 좋은 글 써 주시려고 캘리그라피도 연습하시고.. 정말 열정적이신 것 같습니다."

나의 노력은 헛된 것이 아니었다. 내 열정이 재홍이가 분대장 캠프를 가기 전 캠프에 가서 시간 날 때 읽을 책 한 권을 추천해달라고 했다. 그 당시 내 마음을 뜨겁게 달군 '마윈처럼 생각하라'를 추천해줬다. 나를 감동하게 했던 마윈이 재홍이도 감동시켰다. 그리고 책을 읽으며 아버지가 생각나서 휴가 때 아버지께도 선물해드렸다고 했다. 재홍이뿐만이 아니었다. 군대에서 실제로 시간 낭비를 매일같이 했던 병사들이 혹시나 하는 마음에 책을 읽기 시작했다.

많은 병사가 생각을 바꾸고 마음을 바꾸기까지 오랜 시간이 걸렸다. 아무런 변화가 없던 냄비에 물이 끓기 시작하면 마구마구 끓는 것처럼 병사들의 마음속에도 '시간 낭비' 대신 '시간 저축'이라는 생각이 들어갔다. 침대에서 뒹굴뒹굴하고 TV를 보며 시간 낭비하던 병사들이 전역 후 자신의 인생을 위해 책을 읽으며 시간을 조금씩 저축했다.

02
디딤돌이 된 마음의 편지

(따르릉)

"충성! 운영과장입니다."

"운영과장, 잠깐 들어와라."

"네 알겠습니다! 충성!"

(지휘관실)

"운영과장, 요즘 애들이랑 책은 잘 읽고 있냐?"

"네! 제가 병사들이 책을 읽고 까먹지 않도록 따로 노트 양식도 만들어 기록할 수 있게 나눠줬습니다."

"그래? 이번에 걸은 '마음의 편지'인데… 병사 중 한 명이 네가 책을 강제로 읽힌다고 부담스럽다고 적었더구나. 간부들이야 네가 자발적으로 병사들을 위해 책을 읽고 꿈을 심어주는 걸 다 알아. 근데 병사들은 그런 너의 열정이 귀찮게 느껴지는 것 같다. 병사들이 부담을 느끼면 아무리 좋은 것도 소용없으니 강제로 책을 읽히지는 말거라."

사령부에서 독서 코칭 교육을 듣고 나서 나부터 책을 읽고 병사들과 함께 책을 읽어야겠다고 결심했다. 병사들이 부담스러울까 봐 두달 가까이 병사들이 모일 때마다 조금씩 얘기했다. 읽었던 좋은 책을 설명하고 독서가 얼마나 중요한지.. 정말로 너희들과 함께 군대에서 성장 하고 싶어서 책을 읽었으면 좋겠다고… 그렇게 오랜 시간 동안 충분히 설명했지만 나의 진심이 제대로 전달되지 않았던 것 같다.

마음의 편지

3FS 병장 손OO

장재훈 중위가 책을 강제로 읽혀서 부담스럽습니다..

'마음의 편지'에 내 이름이 나오다니… 나는 그 일로 인해 병사들에 대한 마음이 차갑게 변했다. 일주일간은 책을 거들떠보지도 않았다. 필요한 말 빼고는 병사들과 장난도 치지 않았다. '이렇게 내 마음을 몰라주는 얘들한테 뭘 해주겠다고 그렇게 노력했나…'라는 생각까지 들었다.

책을 만난 이후 아무리 바쁘고 힘들어도 웃음을 잃지 않았던 내 얼굴에서 웃음기가 사라졌다. 온갖 부정적인 생각만 가득했다. 책은 손에서 놓지 않았지만 마음이 아닌 눈으로만 읽는 기분이었다. 그렇게 마음의 편지라는 걸림돌에 걸려 넘어진 후에 일어날 생각도 하지 못하고 다시 예전처럼 방황했다.

"과장님, 요즘 책 안 읽으시는 것 같습니다?"

옆 사무실에서 일하던 행정병 영욱이었다. 사무실을 오가다 출근 전, 점심시간, 퇴근 전에 틈틈이 책을 읽던 내 모습을 본 지 오래되었다고 했다. 마음의 편지에 내 이름이 적혀 나온 것을 다른 병사들은 몰랐다. 마음의 편지 이후 내가 생각한 것들을 얘기했다.

"과장님, 솔직히 말씀드려도 됩니까? 저도 처음에는 과장님이 책을 읽으라고 하셨을 때 제일 먼저 든 생각이 '아… 귀찮은 일이 하나 더 늘었구나…' 였습니다. 근데 매주 주간 정신교육시간이 끝날 때쯤 과장님께서 해주신 좋은 이야기들을 듣고 '역시 책을 읽으면 다르구나. 나도 한번 읽어봐야겠다.'라고 생각했습니다. 솔직히 군대에서 그렇게 진심으로 좋은 말을 해주고, 내 인생의 목적을 생각해보라고 했던 간부님은 과장님밖에 없습니다. 마음의 편지에 독서가 부담스럽다고 한 병사도 있습니다. 하지만 과장님 덕분에 독서에 맛을 들이기 시작한 병사들도 있다는 걸 기억해주십시오!"

맞다… 군 생활을 시작하며 세운 여러 목표가 있었다. 사실 그중 하나가 '마음의 편지에 적히지 않기'였다. 그 목표를 이루지 못했다는 생각에 너무 부정적인 에너지에 빠져있었다. 독서에 관해 부담스러워 뒤로 물러난 병사의 수는 적었다. 인생의 전환점을 맞이하게 된 병사들이 훨씬 많다는 것을 잊고 있었다. 내가 ROTC를 지원하고, 군대를 안 올 수 있는 상황에서 임관을 선택했고… 지금까지 남들이 가지 않던 길을 선택한 이유를 생각해봤다. 여기서 포기할 수 없었다.

독서를 통해 군대에서 꿈을 꾸기 시작한 병사들을 위해서라도 여기서 멈출 수 없었다. 더 많이 책을 읽고, 공부하고, 독서에 관한 교육도 들으며 병사들과 함께 책을 읽을 준비를 했다. 내 마음에 걸림돌이었던 마음의 편지를 디딤돌로 바꾸기로 했다. 이번 기회를 통해 더 뜨겁게 달려나가기로 마음먹었다. 이번에는 전 병력이 아닌 지원자를 모집해 독서 모임을 해보기로 했다. 다행히 나의 마음을 이해하고 또 적극적으로 책을 읽어보겠다는 병사들이 있었다. 그렇게 5명의 병사와 함께 '호랑나비'라는 이름으로 독서모임을 시작했다. '호랑나비'의 뜻은 좋을 호, 사내 랑 자를 쓰고 나로부터 비롯되는 선한 영향력을 줄여 나비라는 말을 붙인 것이다. '군대에서 책을 읽어 좋은 남자가 되어 나로부터 선한 영향력을 끼치자'라는 목표를 가지고 시작했다. 적은 숫자였지만 뜨거움은 결코 작지 않았다. 병사들도 간부들도 차가운 시선으로 우리를 봤다. 모두 오래가지 못한다고 했다. 우리는 포기하지 않았다. 그렇게 포기하지 않고 한 권, 두 권 읽었고 함께 모여 서로의 생각을 나눴다.

독서모임을 시작하고 얼마 되지 않아 어느 순간 갑자기 우리 부대 전체에 독서 열풍이 불기 시작했다. '호랑나비 독서모임 효과가 벌써 나타나는 건가?'했지만 나중에 알고 보니 전역을 앞둔 철균이 덕분이었다. 누구보다도 군 생활에 부정적이었던 철균이었다. 그리고 내가 독서의 중요성에 대해서 말할 때마다 불편한 표정으로 뒤에서 듣고 있던 병사였다. 전역을 앞두고 휴가를 나가니 지난 군 생활이 자꾸 떠올랐다고 했다.

철균이는 마지막 휴가 복귀날 나와 꿈에 대한 이야기를 나누었다

군 생활을 하며 자신이 하던 업무가 힘들고 간부들에 대한 불만이 쌓이면서 군대에 대한 부정적인 인식만 가득했다고 했다. 마지막 휴가 기간 동안 군 생활을 되돌아봤더니 그렇게 나쁘지만은 않았다고 했다. 힘들다고 느낀 당시에는 부정적인 생각만 가득했는데 그런 과정을 통해 성장한 자신의 모습을 발견했다고 말했다. 그러면서 내가 평소에 했던 말들이 생각났고 진작 내 말을 듣고 책을 읽을 걸 하는 후회했다고 했다. 마지막 휴가를 다녀온 철균이는 전역하기 전 며칠 동안 부대에서 만나는 병사마다 군 생활 동안 운영과장님 따라서 꼭 책을 읽으라는 말만 하고 다녔다고 한다. 철균이는 전역하고 내가 교

육을 들었던 3P 자기경영연구소에서 독서 교육도 들으며 새로운 인생을 시작했다. 걸림돌이라고 생각했던 군 생활이 전역 직전에 디딤돌로 바뀐 것이다.

내가 군대에서 병사들을 위해 했던 것은 단 두 가지였다. 기도와 독서. 이들을 위해 정말로 열심히 기도하고 책을 읽었다. 병사들과 면담할 때마다 미안하고 안타까웠다. 이들의 생활을 관리하는 운영과장으로서 더 도와주지 못해 미안하고 어려운 상황 속에서 혼자 끙끙대는 모습을 보고 있자니 안타까웠다. 내가 간절히 기도했던 것 중 하나가 걸림돌을 디딤돌로 바꿔주는 역할을 해내는 것이었다.

군대에서 병사들과 면담을 하다 보면 힘든 점이 하나도 없는 병사는 한 명도 없다. 모두 저마다의 걸림돌이 마음속에 하나씩은 있었다. PX에서 맛있는 걸 사주고 휴가 복귀하는 날이면 밖에서 저녁도 사주며 이야기를 많이 했지만 마음의 걸림돌은 쉽사리 풀어줄 수 없었다. 다행히 우리 부대 병사들은 독서로 이런 문제들을 해결했다

마음속에 걸림돌이 있는 병사들을 위해 기도하고 책을 읽었더니 조금씩 해결책이 보였다. 내가 읽고 나눈 책 자체가 도움이 되었을 수도 있지만 그보다는 내가 자신들에게 관심이 있다는 사실에 마음이

회복된 것 같다. 많을 땐 부대 안에 있는 병사의 25%까지 모였던 독서모임. 그 안에서 우리는 서로가 서로의 걸림돌을 치유해주고 디딤돌로 만들어갔다.

우리의 성장 과정은 결코 순탄하지 않았다. 우린 힘들어도 포기하지 않았고 우리를 넘어지게 했던 걸림돌을 디디고 다시 일어났다. 인생을 살다 보면 사소한 일에도 걸려 넘어지는 적이 참 많다. 지나고 보면 아무것도 아닌데 당시에는 너무나 힘들고 버거운 것들이다. 우리는 이런 것들을 독서로 이겨냈다. 나도 그랬고 철균이도 그랬고 우리는 모두 군대라는 걸림돌을 독서를 통해 인생의 디딤돌로 삼아 다시 일어섰다.

배가 빠른 속도로 항해할수록 역풍은 강하다.
무슨 일을 하든 항상 역경은 있기 마련이다.
산이 높을수록 골짜기도 깊다.
중요하고 가치 있는 일일수록 역경의 골짜기는 깊다.

군대에서뿐만 아니라 인생을 살다 보면 우리를 넘어지게 하는 수많은 걸림돌이 있다. 독서로 우리는 단순한 지식과 정보를 넘어 내 마음의 걸림돌을 디딤돌로 바꾸는 법을 배웠다. 그리고 누군가의 마음을 만져주는 훈련을 했다. 이렇게 조금만 내 마음을 바꾼다면 누군가의 마음을 바꾼다면 당신의 군 생활은 달라질 것이다. 군 생활에서 작은 역경들을 기회로 바꾸는 훈련을 하면 역경을 버틸 수 있는 당신의 역경 지수가 올라갈 것이다. 전역 후 사회에서도 그동안 쌓인 역경 지수는 큰 도움이 될 것이다.

최근 군대에서 사건 사고가 많아 '병영문화혁신'이라는 이름으로 많은 외부 업체와 교육기관과 협의해 노력하고 있다. 군대 내에서 복무하며 아쉬웠던 건 그런 교육이 표면적인 교육으로만 다가가는 경우가 많다는 것이었다. 진정한 교육과 변화는 백년대계이다. 군대에서 백년을 바라보고 교육을 할 순 없지만 최소한 1년을 바라보고 병사들을 교육할 순 있다. 군대 내에서 자정 작용이 일어났으면 좋겠다. 병사들이 움직이고 간부들이 움직이고 정책을 결정하는 사람들이 움직여서 선순환이 일어나야 한다. 그게 진정한 병영문화혁신이다.

당신을 넘어뜨린 걸림돌이 크면 클수록 그 돌은 당신을 더 높은 곳으로 뛰어오르게 할 수 있는 디딤돌이 될 것이다. 군대에서 힘들어하는 당신. 메마른 땅에서 힘들어하는 누구나 그 환경을 풍요로운 땅으로 바꿀 수 있다. 군대 독서로 군대가 당신의 인생의 걸림돌이 아닌 디딤돌이 되길 바란다.

03
내 평생 읽은 책, 단 두 권

　책을 안 읽기로 유명한 나라 대한민국, 대한민국 국민 연평균 독서량은 10권이 채 되지 않는다. 조사한 기관마다 조금씩 차이가 있지만 어떤 자료는 3권이라고 말하는 곳도 있다. 연평균 독서량이 10권이라면 책에 관심이 없는 사람들은 한 권도 안 읽을 가능성이 있다는 것이다.

　혁제가 딱 이 경우였다. 혁제는 평생 읽은 책은 단 두 권뿐이라고 했다. 그 두 권도 모두 회사에서 일을 할 때 상사의 권유로 억지로 읽은 것이라고 한다. 재밌는 에피소드가 있다. 부대에서 처음 병사들에게 책을 읽자고 할 때 '마음의 편지'사건 말고도 나를 괴롭힌 사건이다. 독서와 담을 쌓은 혁제는 내가 병사들에게 책을 선물하며 읽으라고 권유하자 분명히 내가 병사들을 다단계에 빠뜨린다는 등의 다른 꿍꿍이가 있는 것이라고 소문을 내고 다녔다.

다른 병사에게 그 소식을 전해 듣고 순간적으로 화가 나서 혁제를 불러 혼을 내주고 싶었지만 잠시 생각해보니 어느 정도 이해가 가기도 했다. 서울로 휴가를 다녀올 때마다 자기 돈으로 책을 사 와서 병사들에게 나눠주고 열심히 살라고 권유하고 꿈을 꾸라고 비전을 생각하며 살라고 매일 같이 강요한 간부는 처음 봤을 테니 말이다.

그러던 어느 날 혁제가 내게 찾아왔다.
"과장님, 사실은 제가 과장님을 모함하고 다녔습니다."
"뭐라고?"
"과장님이 저희한테 책을 선물해주시고 함께 책을 읽자고 하셨을 때 제가 다른 병사들한테 '우리를 다단계로 끌어들이려고 그러는 거야 과장님 말 절대 듣지마'
라고 말하고 다녔습니다."

혁제는 군대에 늦게 온 편이었다. 다른 병사들보다 3~4년 늦게 들어와 사회에서 여러 가지 경험을 했다. 신발을 파는 멀티샵에서 판매

왕으로 뽑히기도 했고, 모아둔 돈으로 아는 지인과 가게를 차렸다가 몇천만 원을 사기당한 적도, 실제로 다단계에 잠시 빠졌던 적도 있었다.

그런 경험을 했던 혁제가 보기에는 간부가 병사들에게 책을 선물하고 이유 없이 좋은 얘기를 해주고 자신의 시간을 내어 상담을 해주는 것들이 자신이 사회에서 본 다단계 회사와 비슷해 보였던 것이다.

"그래서? 아직도 내가 다단계 하는 것처럼 보여?"

"아닙니다 과장님! 절대로 아닙니다! 사실 과장님이 제 동기들한테 사주신 '여덟 단어'라는 책을 봤습니다. 제가 군대에 와서 고민하던 것들이 그 책에도 담겨 있어서 놀랐습니다. 그렇게 지난 주말에 시간 가는 줄도 모르고 계속 책만 읽었습니다. '여덟 단어'라는 책이 단순한 글이 아니라 박웅현 작가가 강의한 내용을 정리해 놓아서 쉽게 읽었습니다. 마치 인생 선배가 옆에서 이야기해주는 느낌이었습니다. 여덟 단어를 읽고 나니 군 생활에 대한 제 생각이 바뀌었습니다. 과장님 덕분에 제가 남은 군 생활을 좀 더 보람차게 보낼 수 있을 것 같습니다."

"그래? 그럼 다행이네~! 근데 그 책에서 어떤 부분이 제일 좋았어?"

"예? 흠… 다 좋았는데… "

"그래도 한 부분만 말해봐~"

"아… 책 읽을 땐 진짜 좋았는데 막상 설명하려니 잘 모르겠습니다."

"맞아. 원래 좋은 책을 읽고도 내가 느낀 부분을 요약하는 연습을 안 하면 누군가에게 쉽게 설명해줄 수 없지… '여덟 단어'라는 책 한 번 더 읽고 정리해서 나한테 느낀 점을 설명할 수 있으면 그땐 진짜 책을 잘 읽었다는 생각이 들 거야."

"우와… 네 그럴 것 같습니다! 그럼 제가 이번 주에 다시 읽고 과장님께 느끼고 깨달은 것들을 설명해보겠습니다."

혁제의 변화는 그렇게 시작되었다. 늦게 배운 도둑질이 더 무섭다고 했던가. 정말 무섭다는 표현이 딱 맞을 정도로 책을 읽었다. 동기들과 달리 20대 중반에 군대에 들어온 혁제. 다른 병사들보다 군대에서 성장하고자 하는 열정이 컸다. 지금까진 군대에서 무엇을 해야 하는지 몰랐을 뿐이다. 독서를 통해 해결책을 찾은 듯했다. 사실 혁제는 옷 가게를 차리는 것이 꿈이다. 군대에 오기 전에는 멀티샵에서 일을 했다. 조그맣게 자기 가게도 차렸다. 책을 읽으며 자신의 한계를 많이 느꼈다고 한다. 꿈이란 걸 이루기 위해 무엇을 해야 하는지, 어떻게 준비하는지를 책을 읽으며 성공한 사람들을 보며 조금씩 준비하기 시작했다. 어느 날은 자신의 꿈인 옷 가게를 차리기 위해 더 많은 책을 읽고 돈도 모으고 싶다며 전문 하사에 지원할까 고민 중이라고 했다. 군대를 늦게 들어와 누구보다 빨리 나가고 싶어 했던 혁제가 꿈을 위해 이런 고민을 한다는 것이 신기했다. 혁제는 지금 꿈을 위해 전문 하사에 지원했다. 다른 부대에 비해 일찍 출근하고 늦게 퇴근하지만 산골짜기에 있는 덕분에 퇴근 이후에 시간을 잘 활용할 수 있다고 한다.

혁제의 장점은 다양한 경험을 책을 읽으면서 함께 담아내는 것이다. 책이라는 음식을 한 가지 숟가락으로만 먹지 않는다. 작은 옷 가게에서 직원으로 있었을 때 숟가락, 멀티 샵에서 매니저로 있었을 때 숟가락, 직접 가게를 운영했을 때 사장의 숟가락, 뒤늦게 군대에 들어온 군인의 숟가락으로 책을 읽었다. 혁제가 한 권의 책을 읽고 깨달은 것을 나눌 때 보면 4명이 동시에 그 책을 읽는 느낌이 들었다. 실제로 VMD 전문가 이랑주 박사님의 '좋아 보이는 것들의 비밀'을 읽고 휴가 때 여자친구가 일하는 옷 가게에 가서 책에서 배운 것들을 적용하며 디스플레이를 바꿨다고 한다. 여자친구도 만족했고 실제로 매출 상승으로도 이어졌다고 한다.

혁제가 성장하는 것을 보면서 독서의 힘을 정말 많이 느꼈다. 혁제를 보면서 '마치 대나무가 자라는 것처럼 눈에 띄게 성장하는 것이 가능하구나.' 라며 감탄한 적이 한두 번이 아니었다. 혁제의 성장 비결은 스펀지처럼 책을 빨아들이는 열정과 빨아들인 지식을 바로 실천하는 실행력에 있었다.

혁제가 이렇게 변화된 모습을 보여주기 전까지 많은 병사가 자신은 책을 읽어 본 적이 없다며 책을 멀리했다. 나도 솔직히 그 아이들에게 강하게 권유하지 못했다. 예전 '마음의 편지' 사건이 트라우마로 남았는지 그런 병사들에겐 소극적이었다. 하지만 혁제가 변한 이후로는 자신 있게 말했다. 누구든지 지금부터 책을 읽으면 변할 수 있다고 말이다. 혁제는 후임들에게 '나도 이렇게 책을 읽고 변하는데 너희들이 왜 못하냐', '대학도 못 나온 나도 하는데 대학까지 다니는 너희가 못할 이유가 없다.' 라며 독서를 권했다.

우리 부대는 1년에 두 번 인성교육을 실시했다. 상급부대에서 정해준 기준에 맞춰 2박 3일 동안 실시했던 교육이다. 이때 지휘관 재량으로 할 수 있는 시간에 우리 부대는 비전발표대회를 열었다. 군 생활에서 활력을 얻기 위해선 병사들이 꿈이 있어야 한다는 철학을 가지신 대장님께서 우리 부대에 오시며 만든 대회였다. 독서 열풍이 부

호랑 나비 6회차 소감문

상병 권혁제

"멈추지마 대나 꿈부터 써봐", 독서모임 속에 잘 녹아들지 못해 아쉽다.
2016. 1. 6 금요일은 나의 당직근무 연가목 당직 대기 은행 덕 ...
이책을 읽어 버려가다 보면 과거의 나의 모습이 많이 흡사 하다.
참 생각을 어떻게 하고 그것을 실천으로 옮겨 이루어
내면 어떻게 삶이 달라지는 것을 깨달으며
그동안 26년의 삶이 안타까워지고 후회 되면
반성 하게 되었고 다시 꿈 나의 삶에 붙어 다시 꿈 불타오르게
한 것 같다.
또 한 이책을 읽음으로 써 나의 꿈의 방향. 목표 선정이
뚜렷해지고 좁더 짙고 해지는 것 같다.
책을 통해 다른 사람의 경험치를 얻는다는 것이 소름끼치도록
놀라온 일이다. 앞으로 며 내가 지금 느끼고 있는 감점!!
꼭! 나의 꿈들을 작은 것 부터 큰것 까지 다 이루고
후회 없이 쏟아가고 싶다. 아니 난 꼭 그렇게 살것이다.
그토록 간절히 원하고 노력하고 작가 김수영 처럼 웃어 본 경험이
있게 꿈을 생각 하여 꼭 이룰것이다.

혁제의 편지

대에 불어 닥치면서 병사들의 비전발표대회 수준은 회를 거듭할수록
높아졌다. 20년이 넘게 군 생활을 하신 대장님이 보실 때도 병사들
의 발표 수준, 꿈에 대한 개념, 삶의 태도들이 확연히 달라진 점이 보
였다고 하셨다. 대장님은 내가 병사들과 독서 모임을 하며 병사들의
수준이 많이 높아졌다고 칭찬해 주셨지만 나는 알고 있었다. 나의 도

움보다는 그들끼리 서로 동기부여가 되고 선생과 제자가 되어 노력한 결과라는 것을. 특히 책을 전혀 읽지 않던 혁제처럼 책을 읽지 않던 병사들의 변화가 많은 병사에게 동기부여가 되며 부대에 꿈이라는 전염병을 퍼뜨린 것을 알고 있었다.

04
우리 아이가 달라졌어요

    여느 날처럼 부모님과 소통하는 SNS 어플리케이션(밴드)에 병사들의 활동을 찍어 올렸다. 시간이 조금 지났을까? 게시물에 동훈이 어머니의 댓글이 달렸다.

    "운영과장님. 늘 수고가 많으십니다. 동훈이가 입대한 게 엊그제 같은데 벌써 전역을 앞두고 있다니 놀랍네요. 군 생활이라는 멈춤의 시간 속에서 동훈이가 참 크게 성장했네요. 부모로서 못다한 가르침들 군대에서 가르쳐주시고 변화시켜 주셔서 정말 감사드립니다. 인제에서 맺어진 귀한 만남들 동훈이가 늘 행복하다 했습니다. 동훈이가 인제에서 받은 정말 큰 사랑 잊지 않을겁니다~! 과장님 역시 전역하고서도 축복의 통로로 쓰일 줄 믿습니다. 감사드립니다. 아주 많이~~^^"

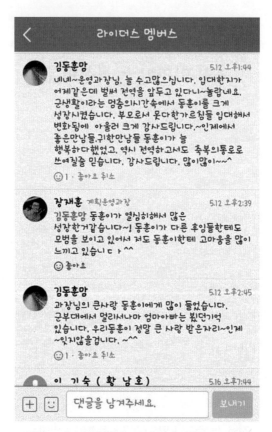

댓글을 보자마자 힘들었던 모든 순간이 보람으로 느껴졌다

　　호랑나비 독서모임을 처음부터 끝까지 참여했던 동훈이. 동훈이와
의 첫 인상은 별로 좋지 않았다. 요즘 군대는 동기별 생활관을 쓴다.
동훈이가 함께 생활했던 병사들은 나와 함께 전역한 14년 10월 군번
들이다. 가장 오랜 시간 함께해 나랑 가장 친했던 병사들이다. 하지

만 처음에는 부대에 전입해 오자마자 시끄러운 일들이 많아 간부 입장에서 관리하기 불편했던 생활관이기도 했다. 그중에서도 항상 소란의 중심에는 동훈이가 있었다.

우리 부대는 인사 분야에서 사령부에서 우수 부대로 평가받던 부대였다. 병사들이 생활하기 좋은 곳, 고충을 잘 들어주고 해결해주는 부대라는 소문도 널리 퍼질 정도로 병사들을 배려하는 부대였다. 이런 부대지만 처음 들어온 병사들에겐 애로사항이 많았나 보다. 대장님이 부대에 오시자마자 가장 먼저 했던 것이 병사들 사이에 내려오던 악폐습을 없애는 것이었다. 이미 악폐습이 많이 없어진 상태였지만 군대에 막 들어온 신병들에겐 모든 것이 없어져야 할 악폐습처럼 보였던 것 같다. 기본적인 경계 근무 수칙같이 군대 내에서 알고 있어야 할 것들을 선임들이 확인하려고 물어본 것조차 불만이었다.

부대에 들어오자마자 불만이 많았던 동훈이와 자주 면담을 했다. 면담하며 곧 독서모임을 시작할 건데 함께 하는 것이 어떠냐고 제안했다. 그렇지 않아도 동훈이는 자기계발에 관심이 있었지만 군대에서 어떻게 해야 할지 몰라 고민이라고 했다. 그렇게 우리는 책을 통해 엮이는 사이가 되었다. 동훈이에게는 '본깨적'이 가장 많은 영향을 끼쳤다. 단순히 책을 본 것, 깨달은 것, 적용할 것으로 구분해서 읽는 것뿐만 아니라 어떤 상황과 사건을 여러 사람의 관점으로 볼 수 있는 생각까지 하게 해주었다. 시간이 지나고 처음 부대에 들어와 불만을 가졌던 부분에 대해서 다시 이야기할 기회가 있었다. 그 당시에는 모든 것이 부당해 보였지만 지금 선임의 입장으로 생각해보니 그런 것들이 후임을 위한 배려였던 것 같다고 말했다.

동훈이는 실제로 이런 부분에서 많은 후임에게 도움을 주었다. 신병과 일병이 이해하지 못하는 부분들, 상병과 병장이 왜 그런 말과 행동을 했는지, 자신의 경험에 빗대어 서로의 입장을 이해시키고 갈등을 해결하는 역할을 많이 했다. 어떤 책을 읽더라도 여러 가지 관점에서 본깨적을 하려고 노력했고 부대 내에서 생활할 때도 간부의 입장, 분대장의 입장, 신병의 입장을 생각하며 지혜롭게 분위기를 이끌어 나갔다.

동훈이가 전역하기 전 마지막 독서모임. '스토리가 스펙을 이긴다'라는 책으로 모였다. 우리는 매번 독서모임 때마다 자신들의 생각을 나누고 마지막에 내가 이 책에서 가장 중요하다고 생각하는 것 그리고 그것을 어떻게 적용할지 정리하는 원 포인트 레슨이라는 시간을 가졌다. 대부분 내가 원 포인트 레슨을 준비해 갔지만 오늘은 내가 아닌 동훈이가 원 포인트 레슨을 하는 날이다 동훈이는 호랑나비 독서모임이 처음 만들어졌을 때부터 전역할 때까지 빠지지 않고 참여한 병사였던 만큼 많은 성장과 변화가 있었다. 책 속 본깨적도 많이 적고 책에 재독을 위한 인덱스 스티커도 많이 붙여가며 읽은 동훈이가 앞으로 군 생활이 많이 남은 후임들에게 원 포인트 레슨을 하기 시작했다.

'스토리가 스펙을 이긴다'에 따로 표시해 둔 인덱스 스티커를 하나하나 넘기며 자신이 생각하고 느낀 것들과 함께 처음 부대에 들어와 선임들에게 불만을 가졌던 사건, 나와 부대 울타리를 돌며 수시로 면담했던 이야기, 호랑나비 독서모임을 시작하며 변하게 된 이야기, 군 생활을 하며 책을 통해 바뀐 자신의 성장 스토리를 풀어냈다.

동훈이와 함께 군 생활을 하며 모든 것을 지켜본 나는 중간 중간에 억지로 눈물을 삼킬 만큼 감동을 하기도 했다. 10분간 하기로 했던 원 포인트 레슨이었지만 동훈이는 20분이 넘게 자신의 이야기를 풀어냈다. 그 어떤 강의보다 따뜻하고 살아있고 감동을 준 원 포인트 레슨이었다.

동훈이는 원 포인트 레슨을 마무리하며 '스토리가 스펙을 이긴다' 책 속에 있는 한 구절을 말했다.

자신의 군 생활을 말하는 동훈이

"스토리가 스펙을 이긴다. 아니 더 정확하게 표현하자면, 스토리는 스펙을 이길 수밖에 없다. 당신에겐 당신만의 이야기가 있는가, 지금 그 이야기를 만들기 위해 노력하고 있는가, 혹시 지금도 다른 사람과 자신을 비교하고, 혹은 주변 상황을 살피고, 환경을 탓하는 데 시간을 낭비하고 있지는 않은가. 나는 자신을 긍정하고, 지금 당장 자신만의 이야기를 만들어가라고 이야기해주고 싶다. 당신은 보이는 것보다 크다."

우리 모두 가슴이 먹먹해졌다. 동훈이가 말한 짧은 몇 문장의 글은 글이 아니었다. 동훈이의 삶이었고 우리의 삶이었다. 동훈이는 저 말을 하기 위해 어쩌면 2년 가까운 시간을 그렇게 노력하며 살았을지도

♡ 사랑하는 운영과장님께 ♡

안녕하십니까? 동훈입니다. 에 ... 맞습니다.
3급양대 원빈입니다 ㅋㅋㅋ 운영과장님께서 선한
영향력을 저에게 많이 끼쳐주셔서 '자뻑'이 좀
심해졌습니다. ㅜ 과장님보다 조금 먼저 전역하지만
항상 독서를 통해 과장님을 많이 떠올리겠습니다.
과장님께서 가르쳐주신 본깨적을 통해 많은 것을
느끼고 깨닫고 같은 것도 다르게 보고 내 삶에
적용한 덕분에 많은 변화를 느낄 수 있었습니다.
과장님이 항상 선한 영향력을 끼치는 사람이
될 것이라고 했는데 저도 과장님을 통해 독서로
선한 영향력을 끼칠 것이라고 꼬추를 걸고 약속드릴수
있습니다. ㅋㅋㅋ 정말 전역하고나면 많이 생각 날 것
같고 많이 보고싶을 것 같습니다. 그럴 때마다
독서를 통해 외로움 까지 승화시키겠습니다. 나중에
꼭 연락드리고 독서를 통해 성공한 저를 보여드리겠습니다.
정말 그동안 감사했습니다.
— 사랑하는 원빈 병장 김동훈 올림 —

동훈이의 편지

모른다. 남자들만 10명이 넘게 모인 독서 모임이었지만 어느 독서 모임보다도 따뜻하고 감동적인 독서 모임이었다. 독서 모임이 끝나고 동훈이와 이야기를 나누었다. 동훈이는 오늘 원 포인트 레슨을 하는 동안 발표하는 자신을 생각하며 예전의 내 모습이 생각났다고 했다.

내가 군대 독서를 막 시작했을 때 병사들에게 서진규 박사님의 '나는 희망의 증거가 되고 싶다'라는 책으로 이야기를 한 적이 있다. 이 책은 내가 대학교 3, 4학년 때 알게 된 책이다. 친하게 지낸 여후보생 동기가 항상 들고 다녔던 책이었다. 책과 친하지 않았을 때라 얘기만 듣고 읽어보진 않았다. 꼭 읽어보라던 동기의 말을 흘려듣고 오랜 시간이 지났다. 군대에 와서 독서에 대해 눈을 뜨고 진중 문고를 둘러보던 중 우연히 이 책을 발견했다. 주말 당직 근무를 서는 동안 읽어봤다. '이 책을 왜 이제서야 집어 들었을까'라는 후회와 아쉬움이 밀려왔다.

당시 나는 누군가의 희망이 된다는 것이 멀게만 느껴졌다. 나도 누군가의 희망이 되고 싶다는 꿈을 꾸었다. '꼭 먼 훗날 성공해서 멋진 모습으로만 다른 사람에게 희망이 되어야 하나? 지금 당장 누군가의 희망이 되어보자.'라고 결심했다. 그렇게 병사들을 위한 군대 독서를 시작했다. 그리고 병사들에게 희망을 나누자고 결심했다. 크고 멋있게 운영되는 독서 모임에 대한 욕심을 버렸다. 희망을 전하는 독서 모임을 만들고 싶었다.

밤새 책을 읽고 그 안에서 가슴을 울리는 한 문장을 찾았다. 매주 목요일 아침에 했던 주간 정신교육시간에 이 한 줄을 전했다. 전역 날짜만 기다리는 병사들에게 오늘이라는 희망을 주고 싶었다. 전역일만 바라보고 그때까지 남은 수 백일을 가치 없이 흘려보내는 그들에게 가장 귀한 선물(Present)은 현재(Present)라는 것을 알려주고 싶었다. 짧게 한 문장을 말하고 끝냈던 시간이 점차 늘어났다. 한 문장이 한 단락이 되고, 한 챕터가 되고 1분이 5분이 되고 10분이 되었다. 예전과는 다른 눈빛들이 많이 보였다. 병사들의 눈빛에서 희망이 보였다. 이렇게 계속해서 희망의 씨앗을 뿌렸다.

동훈이는 이때 희망을 얻었고 자기만의 꿈을 꾸기 시작했다고 한다. 자신도 전역하기 전에 후임들에게 희망을 전하고 나가고 싶다는 꿈을 꾸었다고 한다. 동훈이가 전역하기 전까진 나도 이 이야기를 듣지 못했다. 동훈이는 자신이 가슴에 품었던 꿈을 실제로 이뤄냈다. 그것도 군대라는 곳에서 말이다. '스토리가 스펙을 이긴다'에서 이런 말이 나온다.

"혼자 꾸는 꿈은 그저 꿈이지만, 함께 꾸는 꿈은 현실이 된다."

동훈이뿐만이 아니었다. 우리는 모두 같은 꿈을 꾸고 있었다. 누군가의 희망이 되고 싶다는 꿈. 바로 그것이 우리들의 꿈이었다. 그리고 군대 독서를 통해 그 꿈을 이뤄냈다.

04

군대 독서로
독서 천재가 되는
4가지
필살기

01
숲과 나무를 동시에 보기

많은 사람이 책을 어떻게 읽냐고 물어본다. 이런 방법으로 읽는다고 말할 정확한 방법은 없다. 책의 종류마다, 읽는 상황마다 다 다르다. 세상엔 무슨 무슨 독서법이라는 것들이 많지만 나는 개인적으로 사람마다 저마다의 독서법이 있다고 생각한다. 하지만 그중에서도 기본적으로 핵심적인 방법들은 있는 것 같다. 그중에서도 군대에서 독서력이 폭발적으로 성장할 수 있는 몇 가지를 소개하려고 한다. 독서에 관하여 전문가도 아니고 고수도 아니지만 독서와 거리가 멀었던 사람으로서 누구보다 빠르게 성장했다는 건 자신 있게 말할 수 있다. 나는 독서법에 관한 책만 수십 권을 읽었다. 수십, 수백 만 원짜리 강의를 들으며 독서법을 배우기도 했다.

책을 제대로 읽기 시작한 2015년 3월. 그 이후엔 내가 읽는 책 제목을 모두 기록한다. 책을 읽다 보면 신기한 게 전에 분명히 읽었는데 내용은 하나도 기억이 나지 않는 책이 있다. 왜 그런가 생각해보니 예전에는 내가 책을 읽는 목적과 이유가 없었다. 나는 단지 책 그 자체를 읽는다는 사실에 목적을 두고 만족감을 얻은 것이다. 목적 없이 책을 읽었기에 책 속에서 기억해야 할 내용도 적용해야 할 부분도 찾을 수 없어 금세 잊어버린 것이다. 책을 읽기 전에는 먼저 목적을 정해야 한다. 이 책을 읽는 목적을 생각하고 책을 읽고 나서 내가 얻고 싶은 정보는 무엇인지, 내 삶에서 어떤 부분을 변화시키길 원하는지 구체적으로 생각해야 한다.

처음 독서법을 알려주신 박상배 본부장님은 숲과 나무를 다 볼 수 있는 독서력을 가져야 한다고 하셨다. 책이 숲이라고 하면 숲이 내 목적과 맞는지, 목적과 맞는다면 그 안에 내가 원하는 나무가 있는지 찾아야 한다고 하셨다. 목적에 맞는 숲과 나무를 찾으려면 먼저 나에 대해서 알아야한다. 5년, 10년 뒤 내 꿈과 비전을 생각해야하고 그 꿈과 비전을 위해 지금 당장 해야할 것이 무엇인지 판단해야 한다. '나'를 기준으로 숲과 나무를 봤다면 다음엔 '책'을 기준으로 숲과 나무를 봐야 한다.

숲을 볼 때는 망원경이 필요하고 나무를 볼 때는 돋보기가 필요하다. '나'라는 숲을 망원경으로 보는 방법은 2장에서 말한 BOOK극성을 가지고 나만의 방향을 잡아가는 것이다. 단기간에 내 비전과 사명, 꿈을 찾기는 어렵다. 나도 내가 원하는 꿈이 무엇인지 깨닫기까지 1년이라는 시간이 걸렸고 아직도 비전과 사명, 꿈을 구체화하고 계속 찾아가고 있다. 지난날을 생각해보면 책을 읽으면서 가장 힘들었던 점이 바로 '나'라는 숲을 찾는 과정이었다. 하지만 그 과정이 없었으면 지금의 '나'를 찾지 못했기에 가장 소중했던 시간이기도 하다. '나'라는 숲을 찾는 길은 더디고 어려운 과정이기에 금방 지치기도 하는데 나와 우리 병사들이 빨리 성장할 수 있었던 건 나무를 위한 독서를 하는 동시에 숲을 찾는 독서도 소홀히 하지 않았기 때문이다.

다음으로 '책'이라는 숲을 망원경으로 보는 방법은 목차 발췌독이다. 책 자체로만 보면 책에서 숲을 파악하기 가장 쉬운 부분은 목차다. 이 목차를 보고 내가 어느 부분이 필요한지 내가 어떤 내용을 알고 싶어 하는지 원하는 부분만 골라서 볼 수 있다. 목차를 펴고 내가 필요한 부분에 체크를 하고 해당 페이지로 가서 모퉁이를 접어놓는다. 가장 좋은 건 책을 편 자리에서 처음부터 끝까지 정독하는 것이지만 그럴 시간도 없고 모든 책이 그럴만한 가치가 있는 건 아니기에 발췌독을 하는 것이다.

2016년 3월부터 2017년 6월까지 16개월 동안 500권이 넘는 책을 샀다. 병사들에게 선물한 책은 제외하고 내 책장에 보관된 책만 500권이 넘었다. 64주 동안 500권을 샀으니 일주일에 평균 8권을 산 것이다. 실제로 나는 거의 매일 책을 주문했다. 퇴근 후 간부 독신자 숙소에 가면 문 앞에는 매일같이 택배가 놓여있었다. 주말이나 휴가 때는 가까운 중고 서점을 방문해 10권씩 사 오기도 했다. 나는 책을 손에 넣으면 보자마자 무조건 목차 발췌독을 하고 책장에 넣는다. 모든 책을 사기 전에 자세히 알아보고 추천을 받아서 사지만 실제로 서점에서 사는 것보다 인터넷으로 주문한 책들이 많았기에 일일이 눈으로 목차를 확인했다.

책을 펴자마자 목차 발췌독을 하며 적게는 3군데에서 많게는 10군데를 표시하고 귀퉁이를 접는다. 이렇게 목차 발췌독으로 귀접기만 해도 책 안에 어떤 정보가 어디에 있는지 알 수 있다. 지금은 빅데이터 시대로 노하우(Know-How)가 중요한 시대에서 노우웨어(Know-Where)가 중요한 시대로 변하고 있다. 목차를 보고 귀접기를 하기만 해도 책 속에 어떤 내용이 어디에 있는지 파악할 수 있다. 200권을 본깨적으로 읽고 추가로 300권은 이 목차 발췌독만 했다. 하지만 이런 방식으로 어떤 책 어디에 무슨 내용이 있는지 파악했기에 언제든지 필요한 내용을 바로 찾아볼 수 있었다. 이 방법은 책을 더 자세히 읽을 때도 좋고 나중으로 미뤄둘 때도 좋은 방법이다.

다음으로는 돋보기로 나무를 보는 방법이다. 돋보기의 힘은 정말 강력하다. 따사로운 햇살, 온 세상이 평화로워 보인다. 이렇게 아름다운 햇살도 강력한 힘을 가지고 있다. 세상을 따뜻하게 해주는 이 햇살이 모이면 어떤 것도 태울 힘이 생긴다. 산에서 물병을 버리지 말라는 문구를 본 적이 있다. 그냥 쓰레기를 버리지 말아야겠다. 이런 생각이었는데 그게 아니었다. 물이 들어있는 생수병에 햇살이 비치면 물병에 담긴 물이 돋보기 역할을 해서 햇빛만으로도 불이 날 수도 있다고 한다. 돋보기로 햇빛을 모아주면 이렇게 강력한 에너지가 생긴다.

책을 읽는데 필요한 세 가지 돋보기를 설명하려고 한다. 책을 볼 때도 돋보기가 있어야 한다. 좋은 책도 많고 좋은 글도 많다. 좋은 책을 읽으면 '아! 정말 내가 이렇게 살아 내기만 한다면 더 바랄 것이 없겠다. 성공은 머지 않았다!' 이와 같은 자신감을 느끼곤 한다. 하지만 작은 일도 '앎'을 '삶'으로 옮기는데 쉽지 않다. 앎을 삶으로 옮기기 위해선 돋보기가 필요하다. 좋은 책이라고 모든 것을 바로 실행하고 내 삶에 적용할 수 없다. 내게 가장 먼저 필요한 것들을 적용해야 한다. 돋보기는 두 가지 기능이 있다. 돋보기 본래의 기능인 사물을 자세히 보는 것이고 두 번째는 햇빛을 모아 불을 붙이는 것처럼 변화하고자 하는 부분에 초점을 맞춰 효과적인 성과를 내는 것이다.

책을 읽기 전 돋보기를 통해 먼저 나를 봐야 한다. 정신의학자로 유명한 카를 융은 "마음을 들여다봐야 비전이 더욱 선명해진다."라고 말했다. 내게 필요한 것, 나의 비전을 알기 위해선 내 마음을 들여다봐야 한다. 내가 지금 무엇이 부족하고 어떤 점을 보완하기 위해 책을 읽어야 하는지 깨달아야 한다. 이런 자아 성찰의 단계 없이 무턱대고 읽는 책은 시간 낭비만 뿐이다. 나를 보고 결핍을 느끼는 그 부분을 채우기 위해 책을 봐야 한다. 내가 진로가 고민이라면 그 부분을 해결해줄 책을, 열정적인 삶을 살고 싶다면 자기계발서를, 시간 관리가 부족하다면 실용서를, 책을 통해 따뜻한 마음을 느끼고 싶다면 소설을... 이렇게 내가 필요하고 부족한 부분을 알고 책을 고르는 것이 훨씬 효과적이다. 나같은 경우엔 이 단계에서 스스로 던지는 질문을 종이에 쭉 적어봤다. 내 삶에서 부족하다고 생각하는 부분? 지금 내가 느끼는 감정? 발전하고 싶은 부분? 지난 일주일간 나를 힘들게 했던 것? 내 머릿속을 가득 채우고 있는 것은 무엇인가? 등등 이렇게 내 마음을 자세히 들여다보기 위해 많은 질문을 던졌다.

처음 책을 접했을 땐 무조건 내 마음에 열정을 불어넣어 줄 동기부여가 될 책을 찾았다. 열정을 회복하고 나니 다른 문제들이 보였다. 소위에서 중위로 진급하고 내가 맡는 부분들이 많아지며 업무 관리, 시간 관리 등 실용적인 부분도 부족한 것을 느꼈다. 그다음으론 병사들과 면담하며 느꼈던 진로나 상담, 교육에 대한 부분에 갈증을 느꼈다. 이렇게 점차 나는 내게 필요하고 맞는 책들을 찾아 나갔다. 앞에서 말한 것처럼 내가 무엇이 필요한지 알고 책을 읽으니 책을 읽고 나서도 더 기억에 오래 남고 책을 읽을 때도 절로 감탄이 나오며 즐겁게 읽었다.

그다음에는 돋보기를 들고 책을 봐야 한다. 이 방법은 '목차 발췌독'과도 이어지는 부분이다. 먼저 책을 볼 때는 내 생각보다는 저자가 중요하게 말하는 게 무엇인지 파악해야 한다. 그리고 나서 내 생각을 더하는 것이 효과적이다. 얇은 책은 200페이지, 두꺼운 책은 400페이지도 훨씬 넘는다. 이렇게 많은 양을 다 흡수하면 좋겠지만 그럴 수 없다. 처음부터 나의 고정관념을 가지고 책을 보면 보물 같은 내용을 놓칠 수도 있다. 저자의 관점에서 중요한 부분과 내가 필요한 부분을 돋보기로 보듯이 책 속에서 찾아야 한다. 나는 이런 과정을 책 속의 '척추 찾기'라고 말한다. 이 책에서 내가 가장 필요한 중심을 찾는 것이다. 그렇게 척추가 될 만한 부분을 찾아 그 부분을 먼저 내 삶에 적용한다. 그러고 나서 재독, 삼독을 할 때 그 중심으로부터 뻗어 나가면 한 권의 책을 소화하기 쉽다. 때때로 저자가 중심이라고 생각한 부분과 내가 생각한 부분이 다를 수 있다. 상관없다. 중요한 건 내 삶이 변하는 것이다. 이렇게 몇십 권을 읽다 보면 자연스레 책 속에 숨겨진 저자의 핵심을 파악할 수 있다. 그다음엔 내게 필요한 핵심이 눈에 보인다.

마지막으로 필요한 건 삶에 적용하기 위한 돋보기이다. 첫 번째, 두 번째 돋보기는 이 과정을 위한 준비 과정에 불과하다. 중요한 건 내 머릿속에 있는 '앎'을 내 일상 속 '삶'으로 꺼내야 한다. 내 삶에서 어떻게 무엇을 구체적으로 적용할 것인지 찾아야 한다. 처음엔 간단하고 명확한 적용부터 하는 것이 좋다. 내가 책을 읽기 시작하면서 가장 먼저 했던 것은 아침 5시 기상이다. 자기계발서나 여러 책을 보면 새벽 기상에 대한 이야기는 절대 빠지지 않는다. 그리고 이런 적용은 내가 실행 여부를 분명히 파악할 수 있어서 피드백이 쉽다.

돋보기로 에너지를 모아주는 것도 중요하지만 내가 진짜 필요한 부분에 에너지를 보내는 것도 중요하다. 아무리 큰 에너지라도 내가 변화하고자 하는 그 부분에 닿지 않는다면 아무 소용없다. 돋보기로 당신의 스위트 스팟을 찾아야 한다.

02
속독이 아닌 다독을 해라

나는 깊이 파기 위해 넓게 파기 시작했다

스피노자

1년 남짓한 기간 동안 500권이 넘는 책을 읽었다. 300권의 발췌독 그리고 본깨적 방식으로 200권을 읽었다. 이렇게 많은 책을 읽었다고 말하면 사람들이 꼭 하는 질문이 있다. '속독을 따로 배우셨어요?' 당연히 속독으로 책을 읽어야만 저만큼 읽을 수 있다고 생각하는 것 같다. 나는 속독을 어떻게 하는지도 모르고 배운 적도 없고 그렇게 읽지도 않는다. 하지만 다독은 한다. 다른 사람들보다 적은 시간에 많은 책을 읽긴 했다... 속독이 뭔지 궁금해서 속독법에 대한 책도 찾아보고 인터넷 검색도 해보았다. 속독법은 텍스트를 눈으로 빨리 읽는 독서법이다. 속독법을 하기 위해선 많은 시간과 노력이 필요하다. 하지만 그런 인풋에 비해 효과적인 아웃풋이 나올지는 의문이다.

나는 보통 사람보다는 책을 많이 읽었다. 내가 책을 좋아하고 잘 읽어서 많이 읽은 것이 아니라 단순한 호기심 때문이었다. 군대에서 우연히 들었던 강의에서 독서로 변한 사람들의 사례를 보고 나니 나도 그렇게 변하고 싶었다. 그래서 책을 읽기 시작했다. 처음에는 독서법과 자기계발서 위주의 책을 읽었다. 자기계발서도 다 같은 자기계발서인 줄 알았는데 그게 아니었다. 단순한 방법을 나열한 실용서부터 지금 뭐라도 행동하지 않으면 안 될 정도로 가슴을 뜨겁게 하는 동기부여 책까지 다양하다. 처음에 이런 책으로 시작하다 보니 자연스레 호기심도 점점 커져갔고 책이란 책은 다 들춰보려고 노력했다. 책에 빠질수록 세계에서 가장 부자인 빌 게이츠와 워렌 버핏이 왜 활자 중독이라고 불릴 만큼 독서광인지 이해가 가기 시작했다. 책 자체가 좋다기보다는 책을 읽다 보니 앎에 대해 즐거움이 생기고 그럴수록 내 호기심은 점점 커져갔다.

책을 많이 읽고 싶어 하는 사람들에게 나는 2가지를 말한다. 첫 번째는 호기심이고 두 번째는 무조건 많이 읽어야 한다는 것이다. 책을 속독이 아니라 '다독'을 하라는 것이다. 내가 병사들에게 책을 빨리 읽지 말고 많이 읽으라고 할 때 항상 받던 질문이 있다. 속독을 해야 다독을 하는 것이 아니냐는 질문이었다. 나도 처음에는 속독을 해야 다독을 하는 줄 알았는데 책을 읽다 보니 차이점이 느껴지기 시작했다. 속독은 단순하게 책을 빨리 읽는 것이고 다독은 책을 많이 읽는 것이다. 나는 두 가지 방법으로 다독을 했다. 하나는 한 권의 책을 여러 번 읽는 것이고 다른 하나는 여러 책을 앞에서 말한 발췌독으로 한꺼번에 읽는 것이다. 한 권의 책을 여러 번 읽는 게 다독인가? 좋은 책은 많이 읽으면 읽을수록 그 가치와 깨달음이 깊어진다. 우리나라 역사상 가장 존경받는 세종대왕도 백독백습(백 번 읽고 백 번 익힌다) 독서법을 실천했고 공자도 '주역'을 가죽끈이 세 번이나 끊어질 정도로 많이 읽었다. 본깨적으로 읽었던 200여 권의 책들은 재독, 삼독은 기본이고 10번을 넘게 읽은 책들도 많다. 내가 생각을 적고 실천할 내용을 적은 책들을 여러 번 보면 내가 정말 성장하고 있다는 것도 느끼고 전에 읽을 때 깨닫지 못한 생각들도 얻는다.

두 번째는 발췌독으로 많은 책을 읽는 것이다. 사실 내가 목차 발췌독을 시작한 계기는 책을 인터넷으로 잘못 사면서 시작된 습관이다. 인제 산골짜기에서 인터넷으로만 책을 주문하다 보니 막상 책을 샀을 때 내 예상과 다른 책들을 사곤 했다. 평일에도 틈틈이 읽었

6평짜리 방에 500권이 넘는 책을 보관했다

지만 주말엔 하루에 최소 10시간 책을 읽었던 나는 카페에 5권 정도를 바리바리 싸 들고 갔다. 새 책을 카페에서 처음 펴보니 기대와 달리 제목에 속고 목차에 속아 산 책들이 있었다. 심한 날은 카페에 들고 간 5권 모두 허무한 내용만 담긴 책이라 카페에 들어간 지 2시간도 안 돼서 나온 적도 있다. 그다음부터 나는 주말에 몰아서 읽을 책을 분별하기 위해 택배로 책이 도착하면 무조건 목차 발췌독을 했다.

퇴근하고 집에 도착하면 문 앞에는 거의 매일 책이 있었다.

새벽 3시에 일어나 새벽 독서를 즐겼던 나는 퇴근하고 책상에 앉아 책을 읽으면 금세 잠들었다. 그래서 목차 발췌독을 하려고 집에 오면 전투복도 벗지 않은 채 책장 앞에 서서 처음 보는 책을 들고 귀접기를 했다. 귀접기는 중요한 부분이라고 생각하는 페이지의 모퉁이를 접는 것이다. 목차를 보고 귀 접기를 하고 책을 빠르게 넘기면서 굵은 글씨들만 보고 내가 읽고자 하는 부분을 표시했다.

이렇게 미리 표시하고 나니 틈새 시간을 공략할 수 있었다. 잠자리에 들기 전에 30분을 읽더라도 내가 표시해 둔 부분만 읽고 잘 수 있었고 출근하기 전이나 점심시간에도 효과적으로 책을 읽었다. '이탈리아 인구의 20%가 이탈리아 전체 부의 80%를 가지고 있다'고 주장한 파레토. 20%의 노력과 원인이 80%의 결과를 도출한다는 파레토의 법칙이 독서에도 작용한다는 것을 나중에 알았다. 귀접기를 통해 20%를 파악하니 책 한 권을 통째로 읽었을 때의 80%의 효과가 나왔던 것 같다. 단순히 정보만을 습득하기 위해 읽었던 책은 이런 방법이면 충분히 소화할 수 있다.

독서의 목적이 나를 위함보다는 병사들에게 초점이 맞춰져 있던 나는 발췌독이 어느 정도 훈련되고 나는 병영도서관으로 발길을 돌렸다. 내가 쓰는 생활비의 많은 부분을 책을 사는 데 썼지만 사고 싶은 책을 모두 살 수 없었다. 병사들을 위해 더 많은 책을 읽고 싶었던 나는 그 해결책을 병영도서관에서 찾았다. 책과의 맛난 만남이 있기 전 병영도서관은 내게 관리해야 하는 한 구역에 불과했다. 오랜만에 다시 찾은 병영도서관은 내게 보물 창고와 같았다. 2000여 권이 넘게 있던 병영도서관은 병사들에게 공유할 좋은 책들이 엄청 많았다. 점심시간이나 퇴근하기 전에 매일 같이 병영도서관에 들렀다. 깊이 사색하기보다는 여기서는 병사들에게 쉽게 전할 수 있는 좋은 사례나 글귀를 찾아내고 스마트폰으로 사진을 찍어 저장했다. 주간 정신교육이나 병사들과 면담할 때 그리고 호랑나비 독서모임 때 이렇게 찾은 좋은 글귀들을 소개했다. 깊은 사색 없이 단순한 스토리와 글귀들을 많이 접했을 뿐인데 자연스레 생각도 깊어지는 걸 느꼈다.

속독에는 두 가지 방법이 있다. 빠르게 읽는 방법과 빨리 읽히는 방법이 있다. 전자는 텍스트를 빠르게 읽는 훈련을 하는 속독이고 후자는 자연스럽게 체득되는 속독이다. 텍스트를 빨리 읽는 건 많은 시간과 노력을 들이고도 제대로 해내기 어렵다. 시간과 노력을 들여서 빨리 읽는 능력을 키운다 해도 잠시라도 책을 손에서 놓게 되면 금방 원래대로 돌아온다. 최근엔 눈으로 빨리 텍스트를 읽는 속독이 아닌 뇌 의식을 깨워 책을 빨리 읽는 초의식 독서법이 나오기도 했다. 이렇게 의식을 깨우는 독서법이라면 효과가 있지만 단순히 눈을 빨리 움직여 텍스트를 읽는 속독법은 효과가 작다. 반면의 후자의 방법은 다독하면서 누구나 기를 수 있는 능력이다. 능력이라고 하기보다는 자연스러운 현상이다. 예를 들어 기계공학을 전공한 나는 동역학, 재료역학, 열역학, 유체역학 같은 4대 역학에 대한 책을 읽는데 많은 시간이 걸리지 않는다. 하지만 이 책을 경영학과나 영문학과 학생들이 읽으면 얼마나 많은 시간이 걸릴까? 반대로 내가 그들의 전공 서적을 읽으면 그들보다 느린 속도로 책을 읽을 것이다.

요즘에 군대 PX에서도 시중에서 판매되는 베스트셀러를 살 수 있다. 어느 날 PX에 갔을 때 계산대 옆에 꽂혀있는 많은 책을 봤다. 그때도 여전히 시간관리, 자기관리에 관한 분야에 많은 관심이 있었다. 그래서 자연스레 눈에 들어오는 책을 집었다. 바로 '아침 1시간 노트'였다. 예시도 많고 쉽고 재밌게 쓰여 있어서 쓱 훑어보았다. 그 책을 읽을 때 이미 나는 매일 내가 해야 하는 것들을 바인더라는 도구를 통해서 리스트로 정리하고 있었고 시간 관리까지 하고 있었다. 그래서 내가 필요한 내용만 골라서 읽었더니 그 자리에 선 채로 15분 만에 책 한 권을 다 읽었다. 15분 만에 책 한 권을 읽는 게 불가능해 보이지만 내가 이미 시간 관리 분야 책들은 많이 읽었고 또 그렇게 실행하고 있었고 쉬운 책이기에 가능했다. 이렇게 내가 잘 아는 분야에 대한 책들은 쉽고 빠르게 읽을 수 있다.

내가 군대에서 책을 읽기 시작하면서 가장 관심 있던 분야가 독서법, 진로, 자기관리, 경영이었다. 독서법은 우리 부대 병사들에게 어떻게 하면 쉽게 책을 읽게 할 수 있을까 고민하면서 자연스레 읽었던 분야고 진로도 마찬가지로 병사들과 면담을 하다 보면 어떤 직업을 가져야 하고 어떤 것들을 준비해야 하는지 가장 많이 물어보는 질문이었다. 군대에서 진로를 위해 할 수 있는 게 무엇인지 알려줘야 했기에 진로에 대한 부분도 많이 읽었다. 자기관리, 경영, 창업 분야는 내가 부대에서 업무가 점점 많아지면서 효율적으로 하고 싶었고 책을 읽으면서 대학 생활 동안 내 목표이던 대기업이 점점 사업이라는 곳으로 옮겨가며 관심 있게 읽었던 분야이다. 또래 친구들에 비해 여러 분야의 책을 읽다 보니 자연스레 생각도 깊어졌다. 의도하진 않았지만 스피노자의 말처럼 넓게 파니 깊어져 가는 느낌이 들었다.

군대에서는 다독을 훈련하기 가장 좋은 곳이다. 앞서 말한 것처럼 나는 병영도서관에서 많은 책을 봤다. 하지만 처음부터 그랬던 것은 아니다. 우리 부대 병영도서관에는 2000권 정도의 책이 있었다. 요즘 군대에서도 각 부대마다 체계적으로 도서를 관리하고 있기 때문에 잘 되어 있는 곳은 책 전체 목록을 정리해놓은 자료도 있을 것이다. 그리고 분야별로도 책이 정리되어 있을 것이다. 본격적으로 책을 읽기 시작했지만 한동안은 병영도서관에 있는 책들은 거들떠보지도 않았다. 군대에 있는 책은 많이 알려지지 않은 책들과 유명하지 않은 책들만 들어와 있을 것이라는 편견이 있었다. 책을 읽기 시작한 지 6개월 동안 100권을 읽었다. 병영도서관은 병사들과 독서모임을 할 때 자주 올라갔지만 책 한 권, 한 권을 유심하게 쳐다봤던 건 그때가 처음이었던 것 같다. 책 100권을 읽으면서 여기저기서 알게 된 책 속의 책들, 다른 여러 독서모임에서 추천도서목록에 있었던 책들, 예전 베스트셀러였던 책들 등 허름한 책꽂이에 꽂혀있던 책들이 갑자기 숨겨진 보석처럼 보였다. 이때부터 나는 병영도서관에서 퇴근했다. 주로 점심시간이나 일과시간 이후에 퇴근하기 전에 도서관에 들러서 짧게는 30분, 길게는 2시간이 넘도록 책을 읽다가 갔다.

병사들에게 교육하기 위한 좋은 글귀를 찾기 위해 여러 권을 읽는 훈련을 하니 나중엔 여러 권의 책에 있는 내용을 하나의 주제로 엮을 수 있는 시야가 생겼다. 처음에는 한 분야의 여러 권의 책을 묶어서 읽는 연습을 했지만 나중에는 다른 분야의 여러 책을 엮을 수 있는 통찰력까지 생겼다. 이렇게 되니 책을 읽을 때 여러 권 읽는 것이 더 재미있고 빨리 읽혔다. 통합적 책 읽기로 사고의 확장이 엄청나게 일어나니 책 한 권을 깊게 읽을 때도 내가 전에는 생각하지 못했던 생각을하기 시작했다. 심지어는 인문학책을 읽다가도 경영과 마케팅에 대한 아이디어가 솟아나기도 했다.

　책을 처음 읽기 시작하는 병사들에게 내가 감명 깊게 읽은 책을 무조건 많이 추천해줬다. 너무 많이 추천해 주는 게 아니냐는 병사들에 말에 나는 항상 '맹모삼천지교'를 예를 들어 설명했다. 맹자와 어머니가 처음 살았던 곳은 공동묘지 근처였다. 딱히 놀 친구가 없던 맹자는 집 근처에서 사람들이 장사 지내는 모습을 따라 하며 놀았다. 이 모습을 본 어머니는 충격을 받아 이사했다. 다음으로 이사한 곳은 시장 근처였다. 시장에서 물건을 사고파는 장사꾼을 매일 같이 본 맹자는 장사꾼 흉내를 내면서 놀았다. 마지막으로 맹자의 어머니는 서당 근처로 이사갔다. 서당 근처로 이사를 하니 맹자는 서당에서 공부하는 모습을 따라 하기 시작했다. 이처럼 사람은 무엇을 보느냐에 따라 생각이 바뀌고 행동이 바뀐다. 지금까지 초중고 정규 교육만 받은 병사들에게 새로운 세상을 보여주고 꿈과 비전을 갖게 하려면 그렇게 살아낸 사람들을 보여주는 방법밖엔 없었다. 또 그들에게 책을 읽고 변하는 삶이 어떤 것인지 보여주기 위해 나는 억지로라도 더 열심히 살았다. 말로만 교육하는 장교가 아닌 삶으로 교육하고 가르치는 장교가 되기 위해 책을 읽고 실천한 것들 내가 실제로 변화된 삶만 병사들에게 말했다. 좋은 글귀를 많이 소개하고 내가 또 그 글귀대로 살아가는 모습을 보여주고 병사들 스스로도 많은 책을 읽으니 생각이 바뀌고 가치관이 바뀌었다. 다독은 가랑비와 같다. 한 권을 읽을 땐 변화를 느끼지 못하지만 생각을 하며 읽는 게 좋지만 아무 생각 없이 책만 많이 읽더라도 나중에 내가 엄청나게 변화한 것을 느끼게 될 것이다.

03
손과 발로 하는 군대 독서

> 떠오른 생각은 그때그때 붙들어 두지 않으면 연기처럼 사라지고
> 만다. 운 좋게 되살려도 처음 그것과는 다르다. 붙들려면 적어 두어
> 야 한다. 적어둘 때 내 것이 된다. 적어둬야 또렷해진다.
>
> '책 벌레와 메모 광', 정민

손으로 하는 독서는 기록을 말하고 발로 하는 독서는 산책을 말한
다. 책을 읽는 것은 내 머릿속에 정보를 담고 그 정보를 나만의 지혜
로 바꾸기 위함이다. 독서의 목적은 단순히 눈으로 읽는 데 있지 않
고 생각이 성장하는 데 있다. 좋은 책을 많이 읽는 것도 중요하지만
내 생각이 성장하지 않으면 아무 소용없다. 손과 발로 하는 독서는
성장을 위한 최고의 지름길이다. 손으로 하는 독서는 몇 가지 방법이

있다. 책을 읽으면서 떠오르는 생각을 바로 책의 여백에 적는 책 속 본깨적. 좋은 글귀나 단락을 그대로 베껴 적는 필사, 그리고 여기에 다시 내 생각을 더한 나만의 책 만들기.

사실 우연히 시작한 기록과 산책이 나에게 더 빠른 성장을 가져다 주었다. 손으로 하는 독서는 좋은 글귀를 바인더에 적어 생각날 때마다 들춰보고 병사들에게 알려주기 위해 시작했다. '본깨적' 방식으로 독서를 시작한 나는 책을 읽으며 떠오르는 생각과 책에서 얻은 정보들을 책 여백에 정리하며 읽었다. 일주일에 책을 한두 권 읽을 땐 책을 계속 들고 다니며 생각하고 병사들 앞에서 교육할 때도 그 자리에서 펼치면서 가르쳐주었다. 하지만 일주일 동안 읽는 양이 많아지면서 모든 책을 들고 다닐 수 없었고 정리된 무언가가 필요했다. 그래서 좋은 부분을 적기 시작했다. 처음엔 베껴 쓰는 필사로 시작했다. 눈으로 몇 번이나 읽었던 문장이지만 손으로 써보니 다른 느낌이었다. 한 글자, 한 글자 종이 위에 펜으로 글씨를 써 내려가는 동안 내 의식에도 글씨들이 새겨지는 느낌이 들었다. 내 생각은 이미 책 속에 적어 두었기에 따로 적지 않고 필사만 했다.

이렇게 필사로 시작한 손으로 하는 독서. 시간이 지나니 베껴 적다가 내 생각이 조금씩 더해졌다. 책 속에 적은 '본깨적'과는 차원이 다른 아이디어가 떠올랐다. 파란색 펜으로 필사를 하고 그 옆에 연두색 펜으로 내 생각을 적었다. 나중에 책 속에 적은 '본깨적'과 필사하며 적은 생각들을 비교하니 '내가 정말 이렇게 생각했나?'라고 감탄할 정도였다. 김시현 소장은 '필사 쓰는 대로 인생이 된다'에서 필사는 독자 입장에서 책을 '읽는' 것이 아닌 저자 입장에서 책을 '쓰는' 것이라고 말했다. 나는 이 말에 백 번 공감한다. 맑은 정신으로 책을 읽기 위해 새벽 3시에 일어나 샤워를 하고 간단한 스트레칭을 한 후에 책을 읽었다. 이때 정말 많은 생각과 깊은 사고를 하며 책을 읽었지만 필사하면서 얻은 깨달음은 따라갈 수 없었다. 눈으로 읽는 독서는 내가 독자의 입장에서 책을 읽었던 것이고 손으로 한 글자씩 베껴 적은 행위는 저자 입장에서 책을 읽었던 것이다.

사실 손으로 필사하는 시간은 눈으로 읽는 시간의 몇 배가 걸린다. 그만큼 정제되고 중요한 내용을 골라 필사한다. 필사를 시작하는 것만으로도 지식과 정보를 정리하는 것이다. 필사의 역할은 중요한 정보를 골라낸 것도 모자라 뇌에 한 번 더 입력하는 것이다. 손으로 하는 독서가 눈으로 하는 독서보다 시간은 몇 배가 걸리지만 사고의 확장은 몇십 배 더 많이 일어난다. 이 정도면 오랜 시간을 투자할 충분한 가치가 있지 않을까?

손으로 하는 독서는 나뿐만 아니라 우리 부대 병사들에게도 정말 효과적이었다. 부대 안에 있는 병영도서관에도 책이 많고 각 생활관에 비치된 책들도 많았지만 개인이 소유할 순 없다. 이런 상황에서 좋은 책을 보고 좋은 글귀를 만나면 자신이 가지고 있던 수첩에 옮겨 적는 것이 최선이다. 처음에 병사들에게 필사를 권했을 때 아주 귀찮아했다. 눈으로 봐도 다 이해하고 감동이 되는데 굳이 손으로 써야하냐는 의견도 있었다. 나를 믿고 조금만 써보라고 했다. 내가 필사를 하면서 느낀 것을 병사들도 이내 느끼기 시작했다. 특히 개인적인 공간이 없는 조용히 책을 읽을 공간은 많지 않다. 병영 도서관과 학습실이 따로 있었지만 잠깐 틈을 내어 책을 읽는데 거기까지 가기에도 애매했다. 평일에 병사들은 대부분 생활관에서 책을 읽었다. 함께 생활하는 공간이다 보니 조용히 책만 읽는 분위기는 아니다. 이런 환경에서 필사하니 시끌벅적한 동기들 사이에서 집중하며 책을 읽을 수 있다고 좋아했다. 우리 부대 병사들은 일과를 마친 저녁에는 이렇게 책을 읽으며 필사를 하고 자기 생각을 정리한 수첩을 항상 들고 다녔다. 일과 중에는 계속 들고 다니진 못했지만 틈틈이 쉬는 시간마다 들춰보기도 하고 옆에 있는 동기들과 나누기도 했다. 필사는 독서 고수들만의 방법이라고 생각했는데 오히려 독서를 시작한 지 얼마 안 된 사람들에게 더 유용한 방법 같다.

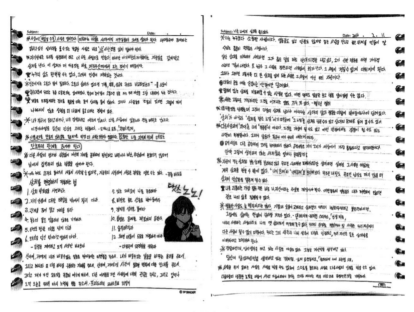

종모의 독서 노트

　자신이 매일 품고 다니는 조그마한 수첩에 좋은 글귀들을 적고 그 옆에 자신만의 생각을 적으며 하루하루 살아가는 병사들. 군 생활은 정말 힘들고 외롭지만 시간이 지나면 아련한 추억이 된다. 또래 친구들처럼 지난날의 추억을 SNS에 남길 수 없는 군인들. 그들이 매일 조금씩 남긴 기록들이 전역할 때쯤 세상에 하나밖에 없는 자신만의 책이 된다. 군 생활하며 썼던 모든 물건은 버리거나 후임들에게 물려주지만 전역할 때 이 작은 수첩만큼은 여전히 가슴에 품고 나간다. 손으로 하는 독서만으로도 이렇게 많은 성장과 소중한 선물이 남지만 발로 하는 독서가 더해지면 더 좋다.

물리학 용어 중에 퀀텀 점프라는 말이 있다. 원자를 구성하는 전자가 일정 수준의 에너지를 받게 되면 순식간에 도약하는 것을 말한다. 이때 연속적인 성장이 아닌 계단을 오르듯 불연속적으로 폭발적으로 도약한다. 이러한 현상을 빗대어 경제학에서는 기업과 산업이 어떤 상황에 비약적으로 성장하는 것을 퀀텀 점프라고 표현하고 있다.

손으로 하는 독서로도 충분하지만 진짜 독서력을 퀀텀 점프하기 위해서는 발로 하는 독서와 함께 하는 것이 좋다. 발로 하는 독서는 사색 독서를 말한다. 천재들이 사색할 때 가장 많이 하는 것이 산책이다. 처음에 천재들을 따라 하고자 산책을 하며 사색했던 것은 아니었다. 새벽 독서와 필사를 하고 출근 버스를 기다리는 동안 생각을 정리하기 위해 독신자 숙소 주변을 걸었다. 독신자 숙소 바로 앞에는 작은 천이 흐르고 뒤에는 산이 있었다. 자연에 둘러싸인 곳이었다. 필사하고 아침에 산책하며 다시 생각하니 필사했던 내용들이 내 머릿속에서 하나하나 연결고리가 생기고 정보가 융합되는 느낌이 들었다. 이런 느낌을 출근 버스를 기다리는 동안에만 느끼기 아까워 나중에 퇴근 이후는 대부분 산책을 하며 시간을 보냈다. 산책하며 사색하는 연습은 부대에서도 이어졌다.

우리 부대 울타리 순찰로 둘레가 3km 정도였다. 평지보다는 오르막 내리막이 많아 빨리 걸어도 30분은 걸렸다. 신병이 전입 와서 면담을 하거나 상담이 필요한 병사가 있으면 나는 사무실에서 이야기하지 않고 부대 울타리를 돈다. 나무가 우거진 부대 뒤편을 병사들과 걸으며 이야기를 할 때 서로의 진심이 자연스레 나왔기 때문이다. 누군가와 걷지 않더라도 혼자서도 많이 걸었다. 부대 업무로 인해 머리가 복잡할 때도 혼자 걸었다. 산책하며 내 뇌를 마사지한다는 느낌으로 걸었다. 뒤꿈치부터 발가락까지 푹신한 흙길을 꾹꾹 눌러 밟으며 이런저런 생각을 하면 하나씩 실마리가 풀렸다. 손으로 책을 정리하기도 했지만 진짜 생각 정리의 마지막 단계는 산책하며 머릿속으로 정리하는 것이었다.

아무리 디지털 시대라고 하지만 군대에서는 아직 아날로그가 최고다. 중요한 훈련에는 군사보안으로 인해 간부도 스마트폰 사용이 금지되어 있다. 병사들도 물론이다. 언제 어디서든 지시사항을 바로 기록하기 위한 수첩과 펜은 군인에게 필수품이다. 손으로 직접 적는 것 말고는 다른 방법이 없다.

손과 발로 하는 독서는 군인에게 가장 좋은 방법이다. 바쁜 일상을 살아가는 사회인에게는 가장 어려운 방법이지만 이 또한 가장 필요한 방법이기도 하다. 넘치는 정보화 시대에 분별없이 많은 데이터를 받아들이고 온전히 나만의 것으로 받아들이지 못한 채 하루하루를 살아간다. 머릿속 생각은 정리되지 못하고 어디선가 흘러오는 판단과 선택에 내 인생을 맡기며 살아간다. 주체적인 사고를 할 시간조차 없다. 글을 쓴다는 것은 내 생각과 마음을 정리하는 것이다. 성경부터 시작해 자기계발서까지 많은 책을 필사하며 내 마음을 정리했다.

생각이 화두로 떠오르는 시대다. 세상에 흩어진 여러 데이터를 나만의 정보로 만드는 것이 독서다. 독서를 통해 흡수한 정보를 나만의 지혜로 성숙시키는 단계가 사색이다. 요즘은 Think 라는 말이 세계를 주도한다. IBM의 CEO였던 토머스 J. 왓슨은 1914년부터 회사의 슬로건을 'Think'로 정했으며 이후에 IBM은 'Think Smart'라는 슬로건을 내세워 세계적인 회사로 성장했다. 세계 최고 부자인 Microsoft의 회장이었던 빌 게이츠 역시 생각을 중요시했다. 생각의 중요성이 세상에 알려진 계기가 아마 빌 게이츠 회장의 'Think Week' 때문일 것이다. 세계를 흐름을 선도하는 마이크로소프트를 운영하기 위해 1년에 2주라는 시간을 아무도 오지 않는 통나무집에 들어가 사색한다. 지금은 고인이 된 애플의 스티브 잡스도 항상 생각을 강조했다. 그는 항상 'Think Different'를 외치며 다르게 생각하는 것이 창조의 지름길이라고 했다.

빌 게이츠가 'Think Week'를 통해 회사의 미래를 결정할 때 많은 사람이 자신도 며칠동안 아무 방해없이 생각하는 시간을 갖는 시도를 했다. 하지만 빌 게이츠의 'Think Week'는 보통 사람들이 똑같이 따라 한다고 해서 할 수 있는 것이 아니다. 빌 게이츠는 하버드 대학보다 마을의 도서관이 좋았다고 할 만큼 도서관에서 살다시피 한 사람이다. 아무리 바빠도 평일에 1시간, 주말에 3, 4시간 독서했던 빌 게이츠는 평소 독서와 사색에 대한 훈련을 충분히 했던 사람이다.

나는 군생활을 'Think life'라고 말하고 싶다. 우리가 한순간에 이런 세계적인 리더들의 생각을 따라갈 순 없다. 하지만 빌 게이츠가 어릴 적부터 연습하고 훈련했듯이 군대에서 손과 발로 하는 독서로 연습하다 보면 확실히 달라진 자신을 느낄 수 있을 것이다. 여러 사람이 모인 곳인 만큼 다양한 생각을 할 수 있다. 극한의 상황에서 훈련하고 사회에서 겪지 못한 경험을 하기에 다른 관점에서 생각할 수 있다. 단순히 불평불만을 넘어 이러한 경험들과 책이라는 도구가 합쳐져 평생의 자원이 될 귀한 생각들을 얻어갔으면 좋겠다. 우리 부대 병사들도 처음에 필사를 권했을 때 많은 부담을 가졌다. 하지만 하루의 적은 노력이 쌓이다 보니 자신들이 성장한 것을 경험하고 남들과 다른 보람찬 군 생활을 해나갔다. 이렇게 어렵지만 10년 뒤 '나에게 줄 선물'이라는 생각으로 하루하루 쌓아가자. 2년이라는 'Think Life'를 통해 누구보다 괄목상대할 자신을 꿈꾸며.

04
군대 독서의 끝판왕, 111 프로젝트

군대 독서가 폭발적으로 성과를 낼 수 있었던 기폭제는 바로 111 프로젝트다. 111 프로젝트는 하루에 한 명에게 1분 동안 내가 읽었던 책을 정리해서 말하는 훈련이다. 호랑나비 독서 모임을 하며 아쉬운 점을 해결하기 위해 나 혼자 시작했던 '나름의 프로젝트'였다. 병사들과 독서 모임을 통해 진솔한 대화를 나누고 정말 많은 이야기를 나누었다. 그들의 가슴에 담긴 고민거리를 나누면서 '나의 짧은 인생 경험이 이렇게 큰 도움이 될 수도 있구나' 하며 감사했던 적이 많았다. 이렇게 감사함을 느낀 동시에 아쉬운 것들도 많았다. 독서 모임에 참여하는 병사들은 조금씩 늘어나고 있었고 이들에겐 많은 변화가 있었다. 하지만 독서 모임에 참여하지 않는 병사들에게는 이런 선한 영향력이 미약했다. 그래서 시작한 것이 111 프로젝트다. 독서 모임을 하지 않는 병사들에게 매일 한 명씩 내가 읽었던 책들을 1분씩이라도 말하기 시작했다.

병사들에게 많은 교육을 하고 그들 앞에 서서 많은 이야기를 했지만 책을 설명하고 내 생각과 마음을 말하는 건 조금 어려웠다. 이미 독서 모임만으로 부대 안에서도 밖에서도 공로를 인정받았던 나는 굳이 모든 병사에게 이렇게 내 마음을 열어가며 먼저 다가서야 할까 고민할 정도로 주저했다. 독서 모임에서 느꼈던 것처럼 '나의 짧은 경험과 얕은 생각이 이 아이들에게 도움이 된다면 이 정도 부담은 이겨내자'라고 생각하며 병사들에게 들이댔다.

평소 장난도 많이 치고 운동도 같이하며 친했던 병사들에게 먼저 다가갔다. 몇 마디 안부 인사를 건넨 후 내가 읽었던 책들에 대한 이야기를 꺼냈다. 병사마다 처한 상황, 자라온 배경들이 다르고 고민거리가 다르기에 최대한 그런 부분을 고려하여 책을 이야기했다. 그리고 짤막하게나마 그 부분에서 읽은 내용을 나눴다. 함께 독서 모임을 했던 병사들처럼 받아들이진 못했지만 그들에게 진심으로 말하니 조금은 내 이야기에 귀 기울여주었다.

하루 이틀 시간이 지나고 나도 병사들에게 부담스럽지 않게 자연스레 책을 주제로 내 생각과 마음을 전하는 스킬이 생겼다. 병사들도 나의 말에 한마디, 두마디 대답을 하며 대화가 이어졌다. 독서 모임에 참여하는 다른 병사들에게 111 프로젝트를 같이 하자는 말을 따로 하지 않고 나 혼자서 시작한 111 프로젝트. 나와 대화한 병사들이 이들에게 책 내용을 더 물어보기 시작했다. 이렇게 나 혼자서 시작했던 111 프로젝트는 독서 모임에 참여했던 다른 병사들도 동참했고 금세 퍼져나갔다. 우리 부대에 독서 문화가 퍼지기 시작한 임계점이 바로 이때였다.

우리는 매일 누구와 만나 대화를 한다. 당직 근무를 서며 생활관 순찰을 할 때 병사들의 생활관을 둘러본다. 복도를 지나며 귓가에 들려오는 그들의 대화 소리. 요즘 방영되는 드라마 얘기, 연예인 이야기, 예능 프로 이야기… 이런 이야기들이 쓸모없는 건 아니지만 청춘들에게 필요한 진짜 대화가 들렸으면 좋겠다는 생각을 한 적이 있다. 막연히 바라기만 했던 것이 실제로 111 프로젝트 시작한 이후로 달라졌다.

111 프로젝트가 우리 부대에 퍼진 이후론 생활관에서 간간이 책을 주제로 한 대화가 들리기 시작했다. 특히 이등병과 전역 직전인 병장

들이 이런 대화를 많이 했다. 군대에 막 들어온 이등병들은 앞으로 군 생활을 어떻게 보낼 것인지 조금이라도 보람된 시간을 보내기 위해 내가 추천한 책을 열심히 읽고 동기들끼리 이야기를 나눴다. 병장들은 나와 당직 근무도 많이 서고 특별히 대화를 많이 하는 계급이었다. 이들과는 분대별 후임들 상황, 업무 인수인계 상황등 많은 이야기를 나누며 진로와 미래에 대한 이야기도 많이 나눴다. 확실히 전역이 다가오는 만큼 사회생활을 준비하는 대화를 생활관에서도 많이 했다. 독서 문화가 퍼지기 전 전역을 앞둔 병사들은 무조건 TV만 보던 생활관에서 전역을 준비하고 사회생활을 준비하는 생활관으로 바뀌었다.

잠시나마 111 프로젝트를 주저했던 그 시간이 아까웠다. 이렇게 많이 변할 줄 알았다면 진작 용기를 내볼 걸 하는 후회를 했다. 변화된 생활관을 보며 처음으로 내가 111 프로젝트를 시도했던 현우가 생각났다. 현우는 어려운 환경에서도 자신의 꿈을 위해 정말 열심히 공부해 서울대에 들어간 병사였다. 군대에서도 역시 최선을 다하며 열심히 군 생활을 했지만 새로운 업무에 적응을 못 했을 때가 있었다. 그때 내게 많은 위로를 준 '숲에게 길을 묻다'를 가지고 현우와 대화를 나눴다.

"현우야, 요즘 어때?"

"그냥 잘 지내고 있습니다."

"잘 지내긴, 힘든거 다 아는데… 현우야 너는 내가 봤던 병사 중에서 가장 열심히 군 생활하는 애야. 군대 오기 전에도 너는 잘 살아온 것 같고 지금도 또 그렇게 잘 살아가는 것 같아."

"아닙니다 과장님.."

"호랑나비 애들한테는 내가 많이 말했지만 내가 정말 힘들 때 읽었던 책이 있어. '숲에게 길을 묻다' 라는 책이야."

"아 그거 저번에 과장님이 주간 정신교육 시간에 소개해 주신 책 아닙니까?"

"응, 맞아 그거야. 그땐 자세히 얘기하지 못했지만 너한테 말하고 싶은 게 있어서 알려주려고. 거기서 나는 숲에 사는 나무들을 통해 내 삶을 되돌아봤어. 며칠 전에 우리가 울타리 순찰을 하면서도 봤잖아. 부대 뒷산에 있는 나무들은 자기 의지로 그 자리에 심겨진 게 아니야. 경사진 곳이든, 햇볕이 잘 드는 자리든, 바위틈 사이든 자신이 자라야 하는 자리는 선택할 수 없어. 하지만 그 나무들은 어떤 상황과 조건 속에서도 살아남기 위해 최선을 다해 몸부림치지. 나는 나무가 하늘을 향해 똑바로 자라는 줄 알았어. 근데 햇빛이 잘 들지 않는 곳에서 자라는 소나무는 햇빛을 찾아 좌우로 꺾여서 자라더라고. 너는 나를 소위 때부터 봤으니깐 얼마나 힘들었는지 다 알 거야. 근데 나는 힘들다고만 생각했지 나는 저 소나무처럼 최선을 다해 살아가진 않더라고. '숲에게 길을 묻다'를 읽고 나서 내 주변을 보기보단 내 안을 보기 시작했어. 너도 힘든 순간에 상황을 보며 불평하기 보다 너 마음을 다잡으며 이겨내려고 하면 조금은 달라질거야."

"네, 맞습니다..."

"그렇다고 힘든 걸 무조건 참으라는 얘기는 아니야. 불합리하고 너무 과하다고 생각하는 건 나한테 말해. 그런 것 말고 심적으로 힘든 것도 있으면 나한테 말하고"

"감사합니다. 과장님"

"현우야, 너는 지금도 충분히 누구보다 잘 하고 있어. 부담 갖지 말고 언제든지 힘들면 찾아와. 네가 다 해내지 않아도 돼. 남은 군 생활도 지금까지 그랬던 것처럼 잘해보자"

현우를 계기로 점점 많은 병사와 진솔한 대화를 했다. 이렇게 111 프로젝트는 병사들의 마음을 만지는 계기가 되었고 점차 우리들의 대화 속엔 진심이 담기고 마음이 담기기 시작했다. 독서는 내가 알고 있는 최고의 인풋이다. 내게 많은 것들을 부어주는 통로이다. 인풋이 있으면 아웃풋이 있어야 한다. 흐르지 않고 고여있는 물은 썩듯이 지식도 지혜도 마찬가지다. 사회에서는 사업으로 지식으로 여러 통로로 아웃풋이 나올 수 있지만 군대에서 내가 할 수 있던 유일한 아웃

풋은 병사들과 대화하는 것이었다. 그리고 지금도 많은 사람과 그때처럼 따뜻한 대화를 한다.

독서 모임 사례를 소개하거나 독서법에 대해 강의를 할 때 마지막 부분에 사람들에게 꼭 하는 말이 있다.

"제가 책을 읽으며 느낀 변화 중 저를 가장 행복하게 한 것은 누군가와 대화할 때 따뜻함이 느껴진다는 거예요. 책을 읽기 전에는 최근 뉴스나 기사, 유행하는 영화와 드라마 등을 이야기하며 시간을 때웠어요. 그게 재미있는 것인 줄 알았고 그런 대화를 하며 웃는 게 친해지는 과정이라고 생각했죠. 시간이 지나고 보니 아니더라고요. 저랑 병사들이 했던 대화처럼 우리의 마음을 따뜻하게 하는 대화는 따로 있었어요. 내 꿈에 대한 이야기, 미래에 내가 하고 싶은 것들, 요즘 내가 생각하는 고민, 이런 이야기를 나누는데 진지하고 무겁고 부담스러운 것이 아니라 '조금이라도 이 사람과 더 이야기하고 싶다'라는 생각이 들고 대화를 마치면 저도 모르게 가슴이 따뜻해져 있어요. 여러분도 책을 읽어보세요. 그리고 옆 사람과 나누세요. 가족이든 친구든 애인이든. 술을 마시지 않고도 한번쯤은 솔직한 대화를 해보세요. 가슴이 따뜻해지는 걸 느낄 수 있어요."

전역 후에도 계속 모이고 있는 We나비 독서모임

병영 부조리, 간부의 구타와 욕설이 한창 문제가 되던 때 우리 부대만큼은 독서 문화로 병영문화 청렴 지역의 선두주자 자리를 지키고 있었다. 이때 잠깐의 대화가 현우의 마음을 움직였을까? 군대에 있을 땐 호랑나비 독서 모임을 한번도 나오지 않았지만 전역 후에 서울에서 모이는 We나비 독서모임에는 매달 꾸준히 나오고 있다.

남자들이 모인 군대지만 여자 못지않게 수다가 많다. 하루에도 수도 없이 많은 이야기를 한다. 사실 그중에 생산적인 대화는 많지 않다. 111 프로젝트로 조금 바뀌었다. 욕과 비방, 짓궂은 장난이 가득했던 사내들의 대화 속에 조금은 희망적인, 따뜻한 이야기들이 흘러 들어가니 분위기가 바꼈다. 군대에서 최적화된 독서법 111 프로젝트의 장점은 이것뿐만이 아니었다.

실제로 학습 효율성 피라미드에 보면 단순한 '강의 듣기' 보다 '서로 설명하기'가 18배 학습 효과가 더 좋다. 병사들에게 나중에 물어봐도 자신이 1분 동안 말했던 내용만큼은 확실하게 기억하고 있었다. 그리고 동기들과 질문을 주고받으며 자연스레 이스라엘식 토론법 '하브루타'처럼 발전하기도 했다. 독서 모임을 하면서도 자신이 본 것, 깨달은 것, 적용할 것 이외에는 많은 질문을 하지 않던 병사들인데 111 프로젝트가 퍼지고 난 뒤에는 서로에게 날카로운 질문을 하며 모임의 깊이도 더해갔다.

군대에서 습관이 되어버린 111 프로젝트 덕분에 지금도 많은 덕을 보고 있다. 자연스레 누굴 만나든 짧게 부담되지 않는 1분이란 시간 동안 내가 감명 깊게 읽었던 책을 소개하는 버릇이 생겼다. We 나비에서 모이는 우리 병사들도 나와 같은 습관이 생겼다고 한다. 누군가를 처음 만날 때 흘러가는 가십거리가 아닌 요즘 읽은 책 이야기를 나누며 아이스 브레이킹을 했더니 자신의 이미지도 달라졌다고 한다. 111 프로젝트로 누군가에게 책에 대한 말을 할 때 대화가 이어지는 경우가 많다. 내가 만나는 사람 중 대다수는 사실 나와 비슷한 고민이나 힘든 상황에 처한 사람이다. 내가 고민하는 것을 그냥 풀어놓는 것이 아닌 어떤 책을 읽고 이런 해결책을 생각해보았다고 당신은 어떻게 생각하냐는 식의 대화가 나는 물론이고 그 사람의 문제도 해결할 때가 많다.

사실 111 프로젝트를 시작하면 내가 가장 좋아하는 사람에게 간다. 싫어하는 사람과는 대화하는 것도 불편하고 갑자기 책 이야기를 꺼내기도 어색하기 때문이다. 사회에서도 111 프로젝트를 하면서 내 주변에 소중한 사람들에게 좋은 책을 전할 수 있어서 좋았다. 이제는 오랜만에 만난 친구들이 요즘은 무슨 책을 읽냐고 먼저 물어오기도 한다. 좋은 사람에게 좋은 책을 소개해주는 것은 참 가슴이 따뜻해지는 일이다. 좋은 내용이지만 그걸 잘 전할 수 없다면 내가 오히려 답답하다. 말은 훈련이다. 태어나서 자연스럽게 했던 말이지만 연습하지 않으면 조리 있게 내가 하고자 하는 내용을 말할 수 없다. 하루에 1분씩 1명에게 말하는 작은 프로젝트가 군대에서는 몰랐지만 사회에 나오니 누구와도 차별화되는 강점이라는 것을 느꼈다. ROTC를 하고 군대에 간 동기들이 공통적으로 하는 말은 군대에서 많은 사람 앞에서 말할 수 있는 걸 연습한 것이 가장 큰 도움이 되었다는 것이다. 간부뿐만 아니라 병사들도 111 프로젝트면 군대에서 이런 경험을 할 수 있다. 그리고 111 프로젝트로 누굴 만나든 작은 선한 영향력이라도 끼칠 수 있다. 111프로젝트는 책을 읽은 효과를 가장 극대화할 수 있는 방법이기도 하지만 우리가 만나는 수많은 사람들과의 만남 속에서 온도를 올려줄 수 있는 방법을 기르는 훈련이기도 하다.

군대 독서로
어떻게
인생을
변화시킬까?

01
필생즉사 필사즉생

오랫동안 꿈을 그리는 사람은 마침내 그 꿈을 닮아간다

프랑스 작가, 앙드레 말로

군대 독서가 군대에서만 끝이 났다면 나는 이 책을 쓰지 못했을 것이다. 군대 독서를 통해 전역 이후의 삶 또한 남들과 다르게 살아가고 있다. 나뿐만 아니라 우리 호랑나비 병사들과 We나비 동생들도 그렇게 살아가고 있다. 우리가 군대에서 가졌던 마음가짐이 어쩌면 독서라는 최고의 수단보다 더 중요했던 것 같다. 필사즉생 필생즉사(必死則生 必生則死) 죽고자 하면 반드시 살고, 살고자 하면 반드시 죽는다. 이순신 장군이 명량해전에 나가기 전 군사들의 마음을 돌이

키기 위해 했던 명언이다. 이 마음이 우리를 다른 인생으로 만들어주었다.

아는 동생들이나 내가 교회에서 가르치는 고등부 학생들에게 항상 하는 말이 있다. 군대는 꼭 가라고. 그리고 이왕 가는 군대, 많이 배우고 오라고. 군 생활을 열심히 하다 보면 듣게 되는 말이 있다. 하나는 '군대에서 잘해야 나가서도 잘해'이고 다른 하나는 '군대에서 잘해 봤자 나가면 다 소용없어'이다. 결론은 전자가 백번 맞는 말이다. 이 결론을 내기까진 길고 험난한 과정이 있었다. 군대에서 무슨 일이든지 내가 해야 하는 수준보다 단 1%라도 더 잘하기 위해 노력했다. 누가 보지 않아도 나 스스로 떳떳한 인생을 보내려고 최선을 다했다. 이런 생각도 많이 했다. '아무도 알아주지 않는 군 생활인데 이렇게 열심히 해야 하나?', '지금 하는 이 일들… 전역과 동시에 앞으로는 절대 하지 않을 일인데 대충할까?' 이런 고민을 하면서 수없이 흔들렸다.

한 병사와 우연히 나눈 대화를 통해 다시는 흔들리지 않겠다고 결심했다. 나와 이름도 같은 정재훈 일병은 나보다 나이가 한 살 많았다. 대학원도 다니고 직장생활도 하면서 군대에 늦게 들어왔다. 나랑 재훈이는 공통점이 많다. 군대에 비슷한 시기에 들어오고 같은 신앙을 가졌고 군대에 오지 않아도 된다는 점까지… 그래서 우린 유난히 이런 저런 얘기를 많이 나누고 군대에서 만난 동역자로 생각하며 서로를 의지했다.

내 인생의 터닝포인트가 된 본깨적을 만나기 전 추운 겨울이었다. 중위 진급을 앞두고 한 달 전 나는 많은 고민이 있었다. 함께 근무하던 선배들이 봄이 되면 다른 부대로 전출을 가고 안타깝게 내 후임을 오지 않는다는 소식을 들었기 때문이다. 나름 열심히 한다고 해왔지만 스스로 부족함을 많이 느끼고 있던 찰나에 더 많은 책임감과 업무가 올 걸 생각하니 섣불리 겁부터 먹었던 것 같다. 재훈이와 함께 당직 근무를 서는 날이었다. 평소 많은 대화를 나눠서인지 재훈이는 내 표정만 보고도 내가 무슨 생각을 하는지 알았다.

"과장님, 요즘 고민 있으십니까?

"아니 그냥. 내가 잘하고 있는 건가 해서"

"지금까지 잘하지 않으셨습니까? 근데 뭐가 걱정되십니까?"

"선배들도 이제 다 다른 부대로 전출 가고 후임도 안 들어오고… 중위가 되는 만큼 더 잘해야 할 텐데 내 능력은 그만큼 성장하고 있나 하는 생각이 드네. 다른 동기들은 중위가 되면 슬슬 취업 준비도 한다고 하는데 나는 그럴 여건도 안 될 것 같아 걱정이고…"

"과장님. 제가 허리 때문에 공익으로 가도 되는 상황에서 무슨 생각한 지 아십니까?

"뭔데?"

"저는 의무 복무 기간에 내가 할 수 있는 최선을 다하고 싶었습니다. 공익으로 가도 열심히 했겠지만 현역으로 군대에 들어와 눈 뜨고 눈 감는 순간까지 최선을 다해 무언가를 하고 싶었습니다. 군대에 오기 전에도 그랬고 전역하고 나서도 나라의 발전을 위해 살아가겠지만 지금 이 순간은 정말로 '나라에 조금이라도 도움이 돼야지'라는 생각으로 하루하루를 살아갑니다. 무엇보다도 군대에 들어와 있는 지금 이 순간이 제 인생에서 가장 젊은 날이기에 가장 뜨겁게 살려고 노력합니다."

재훈이는 나한테 충분히 이런 말을 할 자격이 있었다. 재훈이는 행정병으로 인사 분야를 맡았는데 무슨 일에든지 최선을 다하는 병사였다. 단순한 노력을 넘어 탁월하기까지 한 병사였다. 부대의 여러 업무를 간편하게 할 수 있게 엑셀로 프로그램도 만들고 많은 부분에서 실질적으로 부대에 공을 세웠다. 업무 능력도 웬만한 간부보다 나았다. 이뿐만 아니라 일과 시간 이후에는 군종병과 상담병의 역할을 해내면서 병사들의 마음도 잘 헤아려주었다. 아침 점호를 마치고 퇴근하기 직전 재훈이는 나에게 명량해전 당시 이순신 장군이 했던 말을 쪽지에 적어 건네주었다.

필사즉생 필생즉사 (必死則生 必生則死)
죽고자 하면 반드시 살고, 살고자 하면 반드시 죽는다

워낙 유명한 말이라 알고 있었지만 다시 읽어보니 다르게 느껴졌다. 퇴근하고 침대에 누워 '군인은 어떤 사람인가'에 대해 곰곰이 생각했다. 군인은 나라를 지키는 사람이고 나는 지금 전투복을 입고 있는 군인이다. 전쟁이 나면 전쟁터로 가장 먼저 뛰어나가야 하는 군인이다. 이순신 장군이 12척의 배로 333척의 왜선과 맞서기 위해 출항하는 모습을 생각했다. '나에게 과연 이순신 장군의 마음이 있는 걸까?' 질문을 던졌지만 아무런 대답을 할 수 없었다. 결론을 내리지 못한 채 시간이 흘러 중위가 되고 내 인생의 터닝포인트가 된 본깨적과 만나게 되었다.

재능기부로 사령부에 강의를 오신 박대호 대표님의 이야기를 들으면서 다시 한번 '필사즉생 필생즉사'가 떠올랐다. '지금이 모든 걸 걸고 뛰어들어야 할 때인가?' 질문하며 여러 가지 생각을 했다. 내가 주저하는 이유를 생각해봤다. 당시 나는 다른 무언가를 하기에 녹록지 않은 상황이었다. 중위가 되었지만 달라진 것은 하나도 없다는 생각이 들었다. 나에겐 십자인대 수술하는 기간을 위해 병가를 받은 것이 아킬레스 건이었다. 누구나 할 수 있는 작은 실수를 했을 때도 '병가 받은 기간 동안 차라리 부대에서 일을 배웠다면 이러지 않았을 텐데…'라며 나를 한탄하곤 했다. 자신 있게 추진해서 나아가야 할 때도 이미 끝난 보고를 붙잡고 실수한 곳은 없었는지 놓친 것은 없는지 확인하며 시간을 낭비했다. 물론 보고하기 전이야 그런 확인과 검토가 필요하지만 보고가 끝난 이후에도 그렇게 자신감 없이 다른 일도 못 하고 불안해하며 주저하니 실수는 반복되었다. 이런 상황에서 업무와 관련된 규정집이 아닌 다른 책을 본다는 것이 마음에 걸렸다.

탤런트 코드에서 재능을 지배하는 세 가지 법칙을 말한다. '점화', '심층 연습', '마스터 코칭'. 이 세 가지가 조화를 이루어야 자신이 가진 재능을 발휘해 최고의 성장을 이끌어 낼 수 있다고 말한다. '점화'는 내가 되고 싶어하는 '롤모델'을 보거나 어떤 외부의 자극으로 마음속에 '아 나도 저렇게 되고 싶다' 같은 간절한 소망이 일어나는 것을 말한다. 박대호 대표님의 강의를 들으며 '진짜 독서로 인생이 이렇게까지 변할 수 있구나'라며 감탄했다. 그 순간 나는 탤런트 코드에서 말하는 '점화'가 내 마음속에서도 느껴졌다. 갑자기 나도 책을 통해 내 인생에서 작은 무언가 변할 수 있다는 확신이 들었다. 죽어보기로 결심했다. 진짜로 죽기를 각오했다. 부대 업무를 위해서도 병사들을 위해서라도 달라질 내 인생을 위해서라도 목숨 걸고 책을 읽어보기로 했다.

'필사즉생'의 마음으로 살았다. 아니 그냥 '필사'였다. 죽을 생각으로 일을 하고 책을 읽었다. 아무 생각도 없이 그렇게 모든 걸 쏟아부었다. 3년 동안 만났던 여자친구와 헤어졌지만 이별의 아픔도 다 잊을 정도로 몰입했다. '필사'의 자세로 살아낸 지 몇 개월쯤, '즉생'이 보이기 시작했다. 부대 내에서 했던 업무는 금방 성과가 나타났고 예전과 달리 꼼꼼해지고 실수도 줄어들어 지휘관으로부터 칭찬도 들었다. 내 역량이 커지니 다른 간부들도 도와줄 여유가 생겼다. '즉생'이 보였던 건 업무적인 측면뿐만이 아니었다. 병사들의 삶에도 선한 영향력을 끼쳤다.

내가 '필사'의 자세로 살아가는 걸 보고 마음에 울림을 느낀 병사들은 점점 나와 함께 걸어가기 시작했다. 우리는 군대에서 진짜 죽기를 다짐하고 열심히 살았다. 부대 훈련이면 훈련, 평소 일과면 일과, 한가한 시간에 자기계발도 최선을 다했다. 뭐든지 해내고야 말겠다는 군인 정신으로 책을 읽기 시작했다. 실제로 독서 모임을 하고 책을 읽기 시작한 병사들은 부대 생활에 대한 만족도도 높아졌다. 동시에 한가한 시간에도 틈틈이 자기계발을 하며 군대에서 응시할 수 있는 국가기능검정시험에도 많이 합격했다.

마음의 근육이 조금씩 붙었다. 어떤 환경에서도 움직이고 이겨내고
버티려는 마음 근육이 자라났다. 군대 독서는 우리에게 초심을 잃지
않게 해주었고 우리의 결단이 더욱 단단하게 자리 잡도록 도와주었
다. 군대에서 굳어진 결심이 지금까지 이어지고 있다. 여전히 우리는
한 달에 한 번 강남역에서 독서 모임을 한다. 전역 후 독서 모임을 끝
내기 아쉬워 한 번, 두 번 모였는데 꾸준히 이어지고 있다. 이런 열정
에 감동해서 한번은 내가 웃으면서 했던 얘기가 있다.

"너희 전역하고도 은근히 책 열심히 읽네. 나는 너희 열정이 다 식
을 줄 알았는데~!"
"군대에서 그렇게 힘들고 피곤한 상황에서 책을 읽는 습관을 들이
니 사회에 나와서 아무리 바쁘고 힘들어도 책을 읽을 수 있는 것 같
아요"

책을 만나기 전 나의 삶은 '필생즉사'였다. 어떻게 하면 적당히 살
아남을 수 있을까 고민하면서 정작 나 제대로 살아남지 못했다. 책을
만난 이후로는 내 삶은 '필사즉생'이다. 나라를 지키려고 목숨을 바친
이순신 장군의 마음까지는 아니지만 스스로 떳떳할 정도로 나라를

위해 최선을 다해 살아보려고 했던 마음과 독서라는 도구가 만나 나를 살린 것 같다.

지금도 나는 군인처럼 살아간다. 시간 계획을 철저히 짜고 운동도 꾸준히 하며 편안함보다는 불편함을 감수하며 살아가고 있다. 가끔 해야 할 일이 쌓여 있으면 당직 근무를 선다는 생각으로 밤을 새우기도 한다. 내 비전을 고민할 때도 내 개인적인 수준이 아니라 나라에 도움이 되는 비전이 무엇일지 고민한다. 군대에서 나를 살린 그 마음. 조금 과장된 것 같기도 하지만 나는 있는 그대로를 말했다. '필생즉사'였던 내 삶을 '필사즉생'으로 바꾼 군대 독서. 사회에 발을 디디고 있는 지금도 여전히 군대 독서는 내게 생명과 같은 존재이다.

프랑스의 작가 앙드레 말로는 이런 말을 남겼다.

"A person who dreams for a long time will finally become like that dream."

오랫동안 꿈을 그리는 사람은 마침내 그 꿈을 닮아간다는 말이다. 나는 여기에 한마디를 더 보태고 싶다. '필사'의 자세로 꿈을 그리는 사람은 반드시 자신이 원하던 꿈대로 '즉생'하게 될 것이라고.

02
함께 읽는 책 읽기

같은 책을 읽은 다른 사람들과 어울릴 때, 책 읽기의 기쁨은 두 배가 된다.

-케서린 맨스필드 -

군대에서 책을 읽을 때 나 혼자서 책을 열심히 읽은 것도 중요했다. 하지만 군대 독서가 강력한 효과를 발휘할 수 있었던 이유는 거기에 있지 않았다. 우리는 호랑나비 독서 모임을 통해서 책을 읽고 서로의 생각을 나누었다. 처음에 어설프게 시작했을 땐 서로의 본깨적을 각자 나누는데 그쳤다. 날이 갈수록 개인의 독서력도 향상하면서 우리 모임의 깊이는 배가 되어 성장했다. 시간이 지나면서 미국의 어느 시인의 말처럼 같은 책을 읽은 우리는 보이지 않는 끈으로 단단히 묶인 사이가 되었다. 그 끈 덕분에 우리는 함께 갈 수 있었다. 함께 했기에 군 생활이라는 멀고 험한 여정을 잘 마칠 수 있었다. 군대에서 모였던 우리는 아직도 한 달에 한 번씩 따로 모여 독서모임을 하고 있다. 군대라는 울타리를 넘어 사회에서도 맛난 만남은 지속하고 있다.

독서 모임을 하다 보면 신기하게도 내 시선으로만 책을 읽던 습관에서 벗어나게 된다. 같은 책을 읽고 여러 사람과 생각을 나누면 신기할 때가 많다. 나는 휴가 때마다 서울 송파구 문정동에서 하는 '양재 나비'라는 독서 모임에 참여했다. 자유 도서와 지정 도서로 번갈아 가면서 진행되는 독서 모임이다. 강의나 책 내용 요약이 주가 아닌 책을 읽은 사람들끼리 '나눔'이 주로 이루어진다. 그곳에서 다른 사람들의 나눔을 듣다 보면 '같은 책을 봤지만 저렇게 다른 생각을 할 수 있구나…' 감탄사가 절로 나온다. 그렇게 몇 번 서울에서 독서모임을 하고 우리 부대에서도 병사들과 모였다. 처음엔 단순히 전달자 역할을 하려고 했었다. 병사들이 아직 책을 읽는 수준이 높지 않으니 내가 서울에서 듣고 여기저기서 들은 것들을 알려준다는 마음으로 시작했다. 하지만 처음 모임에서부터 내 생각은 틀렸다는 걸 알았다. 역할, 계급, 나이로 인해 나보다 부족할 거로 생각했지만 전혀 아니었다. 자유 도서로 시작한 첫 모임, 각자의 생각과 감동이 담긴 책을 들고 와서 나눴다. 전투복에 가려지고 계급에 묻혀서 감춰진 그들의 생각과 마음을 나누는 시간이었다. 병사들의 나눔을 들으면서 군대에서 그렇게 가슴 떨린 적이 없을 정도로 설레는 시간이었다.

독서 고수들은 혼자 책을 읽어도 엄청난 효과를 본다. 하지만 처음 책을 읽기 시작한 사람은 눈에 띄는 성장을 위해 특별한 방법이 필요하다. 그래서 우리가 선택한 것이 독서 모임이다. 독서 모임에 대해 고민할 때 나는 '도토리 키재기인 독서 초보들끼리 모여도 독서 모임의 효과가 있을까?'라고 의심했다. 진짜로 독서모임을 시작하니 그 효과가 바로 나타났다. 빌 게이츠나 워렌 버핏처럼 통찰력과 깊은 사색으로 책을 읽어야만 할까? 아니다. 한 권의 책을 다른 시선

짧게나마 주어진 휴식 시간에 우리는 독서모임을 했다

으로 보는 것만으로도 엄청난 효과가 있다. 소름 돋게 깊은 통찰력은 아니었다.

하지만 한 명, 한 명 말하는 걸 듣다 보면 새로운 통찰력이 생기는 듯했다. '깊이 파려면 넓게 파라'라는 말이 생각났다. 우리는 깊은 사고를 하는 수준이 아니었다. 단지 여러 관점으로 여러 가지 생각을 했다. 그것들이 한데 합쳐지니 통찰력이 생겼다. 우리는 모두 비슷한 수준이었다. 하지만 다른 관점으로 책을 봤다. 우리는 독서모임을 통해 서로의 관점은 배우고 다른 사람의 생각을 듣는다. 내가 보지 못하고 깨닫지 못하고 느끼지 못한 것을 다른 사람의 나눔을 통해 배운다. 우리는 단순히 책을 읽고 모이지 않는다. 토론도 하지 않는다. 토론보다는 나눔에 가깝다.

박용우 저자의 '관점을 디자인하라'라는 책이 있다. 보통 사람과 다른 관점으로 살아가는 그는 12번의 월급을 받는 사람이다. 카카오톡 홍보이사, 우아한 형제들의 전략이사 등 12가지 일을 하면서 남들은 한 달에 1번 받기도 힘든 월급을 12번이나 받는다. 그것도 집에서 일하면서 말이다. 다른 사람들과 다르게 보는 관점이 필요하다고 그는 말한다.

독서모임을 하다 보니 시야가 정말 넓어졌다. 양재 나비와 호랑나비에서 나누는 것뿐만 아니라 만나는 누구든지 책을 가지고 얘기를 나누니 많은 생각을 보게 되었다. 책에 빠지기 시작하면서 누굴 만나든 책 얘기를 했다. 지루하고 딱딱한 책 얘기가 아니라 상대방의 환경과 상황에 맞는 책으로 화제를 던졌다. 책에 관한 내용이지만 그 사람의 삶과 현실에 관한 내용이라 어떤 주제보다도 관심을 가지며 이야기를 했다.

나와 함께 근무했던 간부들은 대부분 30~40대였다. 20대는 나를 포함한 하사, 중사 몇 명밖에 없었다. 내가 부대에서 주로 업무적으로 관련 있는 간부들은 30~40대였다. 술도 마시지 않고 담배도 피우지 않는 나는 공통점이 없었다. 업무 외적으로는 친해질 계기가 없었다. 수술 후에 재활 운동을 하며 어느 정도 운동을 함께 할 수 있었지만 바쁜 부대 여건상 많은 시간 운동을 함께 할 수는 없었다. 책을 통해서 돌파구를 찾았다. 첫 번째 돌파구는 자녀교육이었다. 간부들의 자녀들을 보니 유치원에 다니는 아이부터 수능을 준비하는 수험생까지 있었다. 자식을 키워 보진 않았지만 자녀 교육에 대해 관심이 많아 관련 분야 책들은 관심 있게 찾아 읽었다. 부모들은 모두 자녀를 잘 키우고 싶은 마음이 있다. 군인들은 민간인들에 비교해 좋은 환경에서 자녀를 키우기가 어렵다. 어릴 땐 부모를 따라 이곳, 저곳을 옮겨 다니며 살아야 한다. 아이가 십 대가 되어 더 이상 자주 옮겨 다닐 수 없을 땐, 도시권으로 이사 간다. 하지만 군 부대는 도시권에 있는 경우가 흔치 않아 주말마다 멀리 떨어진 집에 가서 자식을 만난다. 군인 부모의 열악한 환경에서 자녀를 올바르게 키울 수 있는 방법을 이야기했다. 역시나 독서였다. 하지만 그냥 독서를 시키라고 하지 않았다. 어느 나이 때 이런 방법으로 아이를 키우면 좋다더라. 그리고 아이에게는 이런 책을 읽혀야 하고 부모도 이런 책을 읽어야 한다는 식으로 짧은 지식이지만 나눴다.

다행히 내가 살아가는 모습이 그들의 눈에는 좋게 보였는지 나처럼 자식을 키웠으면 하는 마음이 있다고 했다. 그래서 더 내 말을 잘 들어줬다. 기존에도 많은 간부들과 좋은 사이를 유지했지만 책을 통해서 더 가까워졌다. 우리 부대에선 점심 식사 때 간부 식당 한 쪽에 마련된 원형 테이블에서 주요직위자들은 따로 식사했다. 새로 오신 대장님과 소통이 별로 없던 때라 식사 시간 내내 어색하게 웃고만 있었다. 며칠 후, 대장님께서 책에 대한 얘기를 하셨다. 내가 부대에서 독서 모임을 운영하고 있다는 걸 주변 간부들에게 들어서 잘 알고 계셨다. 내가 군대에서 책을 읽게 된 계기와 독서 모임을 시작한 계기에 대해서 설명 드렸다. 대장님께서도 관심을 많이 가지셨다. 20년이 넘는 세월 동안 수많은 병사들을 관리하고 지휘하셨지만 자식 농사는 쉽지 않다고 하셨다. 특히 자녀들이 책을 안 읽는다고 고민하셨다. 내가 책을 읽게 된 책인 '본깨적'을 추천해드렸다. 다음 주에 바로 대 장님께서

"지난 주말에 바로 애들한테 '본깨적' 두 권 사서 보냈다. 꼭 읽고 너처럼 책 읽었으면 좋겠네."

라고 하셨다. 그 이후로도 대대장님과 자녀 교육과 독서에 대한 이 야기를 많이 나눴다. 어떻게 보면 대대장님이 자식들을 위해 하는 고 민이 내가 지금 내 인생을 위해 하는 고민과 비슷한 면이 많았기에 잘 통했는지 모른다. 가장 어리고 공통점이 없어 메인테이블에서 한 동안 과묵했던 나는 이 일을 계기로 자주 화기애애한 분위기로 대화 를 이끌었다.

간부들뿐만 아니라 병사들과의 관계도 더 긴밀해졌다. 독서 모임을 진행하면서 함께 참여하는 병사들과는 가까워졌지만, 여전히 나를 어려워하는 병사들도 있었다. 축구를 하거나 운동할 땐 밝은 모습이 지만 훈련을 하거나 교육을 할 땐 누구보다도 진지한 모습 때문에 가 까이 다가오지 못하는 병사들이 있었다. 내가 병사들에게 선한 영향 력을 끼치려면 먼저 그들의 마음을 열어야 했다. 다행히 나는 지휘통

제실을 관리하면서 근무자에게 총기와 탄약도 불출했다. 위병소 근무자들이 근무 투입되기 전에는 위병소 근무 수칙과 총기 점검 안전 수칙을 말하며 근무 태도에 대해 주의를 줬다. 근무 교대 후 복귀할 땐 형식적인 말이 아닌 그 병사에 대해 조금이나마 알고자 몇 마디를 던졌다. 혼자서 111 프로젝트를 실천했다. 짧았지만 조금이나마 진심이 담긴 대화를 통해 그 병사의 관심사와 전공, 꿈에 대해 알게 되었다. 그리고 관련 분야의 책들을 찾아봤다. 전에도 진심으로 병사들을 대했지만, 그들에게 도움이 될 만한 책들을 찾아보고 선물하니 관계가 더 가까워졌다.

"같은 책을 읽었다는 것은 사람들 사이를 이어 주는 끈이다."

나는 책으로 사람들과 보이지 않는 끈으로 묶였다. 군대에서 이렇게 책이라는 끈으로 사람들과 묶이는 과정을 경험하니 사회에서는 더 쉬웠다. 비즈니스적으로 만나는 분들도 SNS를 통해 알게 된 분들도 책이라는 도구로 관계에 도움이 될 때가 많다. 강의 때마다 꼭 말하는 몇 가지가 있다. 그중 하나가 책이란 걸 읽으면시 내가 느끼는 행복이다. 책을 읽고 나서 누굴 만나든 소소한 행복을 느낀다. 모든 대화에 책을 이야기하진 않지만 가끔은 책에 대한 이야기로 대화가 깊게 이어질 때가 있다. 사람은 누구나 고민거리를 가지고 있다. 그들의 고민거리를 듣다가 내가 읽었던 책 중에서 조금이나마 도움이 될 만한 책을 말한다. 책을 좋아하지 않는 사람도 자신의 고민거리를 해결하는 데 도움이 될 책이라면 바로 읽어보겠다고 한다. 실제로 많은 사람이 이렇게 책을 통해 조금이나마 문제를 쉽게 해결하기도 한다. 이런 사람들과는 다른 고민을 통해 새로운 책에 관한 이야기를 나누고 점점 돈독한 사이로 이어진다. 따로 독서 모임을 하지 않아도 평소 나누는 대화만으로 충분히 함께 책을 읽을 수 있다는 것도 사회에 나와서 느꼈다.

군대에서 사회에서 함께 책을 읽으며 나만의 군대 독서는 몇 단계에 걸쳐 발전했다

많은 책을 읽는다.
많은 사람에게 말한다..
각 사람에게 맞는 책을 이야기한다.
한 권의 책도 여러 사람의 관점으로 읽는다.
한 권의 책을 읽을 때도 여러 권의 책을 연결시켜 읽는다.
한 권의 책으로 나눔을 해도 상대방에 따라 다르게 본깨적을 나눈다.
한 권의 책을 통해 다른 사람과의 마음을 공유한다.

군대 독서가 군 생활뿐만 아니라 내 인생을 바꿨다. 사회생활을 할 때 속마음을 숨긴 채 이익 관계만을 따지는 경우가 많다. 나는 업무적으로 만난 사람과도 마음이 통하고 진심을 전할 수 있다는 걸 요즘 따라 많이 경험한다. 앞에서 말했다시피 책은 한 사람의 인생이 담겨있다. 책을 이야기한다는 것은 누군가의 삶을 이야기하는 것이다. 책과 소통한다는 것은 책을 통해 만난 누군가와 소통한다는 것이다. 인생을 살아가면서 혼자서 살아갈 수 있는 사람은 아무도 없다. 누군가와 반드시 소통하고 교제하고 함께 살아가야 한다. 이처럼 책은 글이라는 매개로 소통하는 것이고 인간관계는 말과 행동으로 소통하는 것이다. 사람과의 관계도 책과의 관계도 어찌 보면 비슷하다. 내가 함께하는 읽는 책 읽기를 통해 느낀 건 사람들과 함께 살아가는 것도 비슷하다는 것이다. 함께 책 읽기를 통해 함께 살아가는 법을 배우는 것. 이것이 내가 생각하는 진정한 책 읽기이자 본깨적이고 군대 독서의 궁극적인 지향점이다.

03
실행이 답이다

생각이 바뀌면 행동이 바뀌고
행동이 바뀌면 습관이 바뀌고
습관이 바뀌면 인격이 바뀌고
인격이 바뀌면 운명까지 바뀐다

– 미국의 심리학자, 윌리엄 제임스=

　누가 봐도 부정할 수 없는 말이다. 부정할 수 없는 사실이고 많은
사람이 아는 말이지만 저렇게 살아가는 사람은 많지 않다. 그만큼 '생
각에서 행동으로', '행동에서 습관으로' 각 단계가 정말 쉽지 않다는
것이다. 저 네 문장 중에서 가장 힘든 단계는 생각이 행동으로 바뀌
는 단계이다. 실행력이 뒷받침되지 않으면 절대로 넘어설 수 없는 부

분이다. 여러 병사를 면담하면서 불편한 진실을 하나 깨닫게 되었다. 무조건 '될 거야', '넌 할 수 있어'라고 하는 말이 도움이 되지 않는다는 것이다. 긍정의 힘은 누구보다 잘 알고 나 또한 믿고 있지만 무조건적인 낙관이 얼마나 나쁜지 또한 잘 알고 있기 때문이다.

희망에는 두 가지 종류가 있다. 참된 희망과 헛된 희망이다. 참된 희망은 말 그대로 이루어질 희망이다. 헛된 희망은 이루어질 가능성이 전혀 없다. 지난 1년을 돌아보아라. 당신은 어떻게 살았는지. 앞으로의 1년을 예측해보아라. 당신이 어떻게 살아갈 것인지 비관적으로 생각하는 것만큼 안 좋은 것이 무조건 낙관적으로 보는 것이다. 아무것도 하지 않으면 아무 일도 일어나지 않는다. 막연히 잘 될 거라는 생각 오히려 인생을 피폐하게 만든다.

꿈을 위해, 변화된 삶을 위해 지난 1년간 무엇을 했는지 생각해보자. 남들이 다 자는 새벽에 일어나 내 꿈을 위해 작은 행동을 한 적이 있나? 남들이 쉬고 놀 때, 즐거움을 뒤로하고 무언가에 몰입한 적이 있는가. 병사들과 이야기를 해보면 지금 당장 변화하지 않으려는 병사들이 있다. 아무리 좋은 말을 많이 해주고 고개를 끄덕이며 들어도 결론은 전역하고 열심히 살겠다는 대답이다. 지금을 잡지 못하는 사람이 미래를 잡을 수 있을까? 오늘 당장 실행하지 않는 사람이 1년 뒤에 전역한다고 실행할 수 있을까? 실패하더라도, 상황이 여의치 않아도 일단 시도하는 사람이 이기는 것이다.

많은 병사가 군대에 들어올 때만큼은 모두 보람찬 군 생활을 꿈꾼다. 특히 이등병들이 부대로 전입해 와서 면담을 할 땐 모두가 자기만의 계획을 말한다. 시간이 조금만 지나면 저 병사가 계획한 대로 하는 병사인지 아닌지 바로 알 수 있다. 이등병 땐 모든 상황이 어색해 온몸이 긴장되고 실제로 하루 일과도 벅차 저녁이면 피로가 가득하다. 실행력이 있는 이등병은 피곤하더라도 개인 정비 시간에 자신이 세운 계획을 이루기 위해 쉬지 않고 무언가를 한다. 이등병 때 이렇게 생각을 행동으로 옮기는 실행력을 갖춘 병사는 전역할 때 확실히 다르다. 병사 대부분이 이등병 때 결심한 걸 실패하면 다시 도전할 마음을 먹지 못한다. 다행히 우리는 군대 독서로 이등병, 일병, 상병, 병장 할 거 없이 다시 도전할 힘을 얻었고 실행을 통해 변화를 만들어냈다.

헛된 희망을 참된 희망을 바꿀 수 있는 건 다름 아닌 실행력이다. 나는 실행력 하나만큼은 지독하게 훈련했다. 하도 많은 것들을 시도하고 도전하다 보니 끝까지 해내지 못한 것도 많다. 군대에서만 해도 경영, 외국어 관련 책들을 읽으며 외국어의 중요성을 많이 느꼈다.

그중에서도 우리 독서모임 선정 도서였던 '하버드 스타일'을 읽고 나서 외국어를 배워야겠다고 결심했다. 그 책에 보면 하버드 졸업생들에게 가장 도움이 되는 강의가 무엇이냐고 물었다. 하버드에 좋은 명강의, 유익한 강의가 많지만, 자신에게 가장 도움이 되는 강의는 외국어 강의라고 했다.

군대에 있으면서 내가 학원에 다닐 수도 과외를 받을 수도 없었다. 인터넷 강의나 독학으로 외국어 공부를 하기로 다짐했다. 고등학생 때 50점을 넘지 못했지만 한 학기 동안 배웠던 일본어를 시작했다. 일본어는 히라가나와 가타카나를 외우면 쉽게 시작할 수 있을 것 같아 책만 사서 공부했다. 하지만 이내 그만뒀다. 책상 앞에 히라가나, 가타카나 표를 붙여놓고 공부했지만, 동기부여가 제대로 되지 않아 금세 지쳤다. 그리고 다음은 불어를 공부했다. 삼촌이 프랑스에 계셔서 중학교 때와 대학생 때 두 번 가본 적이 있어서 항상 배우고 싶은 마음이 있었다. 이번에는 인터넷 강의를 들으며 열심히 공부했다. 기초 회화 단계 20강 정도를 거의 다 들었다. 나름 지독하게 열심히 공부했다. 하지만 계속 공부해야 할 필요성이 없었다. 당장 프랑스 여행을 가는 것도 아니었고 내 미래가 프랑스와 밀접하게 연결된 것도 아니었다. 딱 여행 가서 어느 정도 간단한 회화를 할 정도로 공부하고 이내 멈췄다.

그리고 마지막으로 중국어도 공부했었다. 중국어는 가장 중요했던 제2외국어였다. 영어만큼 중요성이 커진 중국어를 빨리 배우고 싶었다. 중국어는 생각보다 어려웠다. 한자를 많이 알았으면 도움이 됐을 텐데 그렇지 못했다. 인터넷 강의를 들으며 MP3 파일을 들으며 익숙하지 않은 성조를 연습했다. 중국어는 너무 어려워서 오래 공부하지 못했다. 하지만 나는 어느 정도 눈덩이를 만들어났다고 믿었다. 언젠간 다시 시작할 생각도 있었고 군대에서 그 정도 도전은 훌륭하다고 생각했다. 전역하고 나니 이런 도전이 빛을 발했다. 중국에서 살던 친구가 갑자기 한국에 들어와 살게 되었다. 나는 공짜로 중국어를 알려달라고 부탁했다. 친구는 흔쾌히 중국어를 알려주겠다고 했다. 그렇게 다시 중국어 공부를 했다. 군대에서는 혼자 애쓰며 공부하느라 힘들었는데 가르쳐주는 사람이 있으니 재미있고 확실히 성장하는 것이 보였다.

다시 생각해봤다. 과연 군대에서 내가 그렇게 무모할 정도로 계속 도전했던 것이 모두 헛된 것일까? 작은 행동 변화로 원하는 결과를 끌어내는 '행동 설계'에 대한 사례가 담긴 '스위치'에 보면 한 가지 실험이 나온다. 인내력을 측정하는 실험이다. A와 B, 두 집단으로 나눴다. 실험 대상들에게 어려운 문제를 얼마나 잘 해결하는지에 대해서 실험한다고 했다. 하지만 실제론 얼마나 오랫동안 문제를 붙들고 있는지 시간을 측정한 실험이다. 절대 풀 수 없는 어려운 문제였다. A 집단에는 시험문제를 풀기 전에 아무 맛도 없는 무를 주었다. 무를 먹게 하고 시험문제를 풀게 했다. B 집단에는 맛있는 초콜릿을 먹게 하고 시험문제를 풀게 했다. A와 B 집단이 풀 수 없는 문제를 붙들고 있었던 시간은 어떤 차이가 있을까? B 집단이 더 오랜 시간 문제를 풀었다. 이 실험은 사실 인내력이 소모성 자원인지를 확인하는 실험이었다. A 집단은 이미 문제를 풀기 전에 맛없는 무를 먹으며 인내력을 사용했기에 어려운 문제를 오랫동안 붙들 수 없었다. 반면 B 집단은 맛있는 초콜릿을 먹으며 어떠한 인내력도 사용하지 않았기에 자신이 가지고 있는 인내력을 문제를 푸는데 온전히 쏟을 수 있었다.

다른 예시로 모두가 잘 아는 마시멜로 이야기가 있다. 어린아이들을 대상으로 인내력에 대해 실험했다. 아이들에게 마시멜로 1개를 건네주며 먹지 않고 기다리면 15분 뒤에 1개를 더 준다고 했다. 대부분의 아이는 15분을 참지 못하고 마시멜로를 먹었다. 15년 뒤에 실험에 참여했던 아이들을 조사하니 15분을 참고 마시멜로를 1개 더 받은 아이가 성적도 높고 친구 관계 등 여러 방면에서 더 나은 삶을 살고 있었다.

이 두 가지 예시에서 알 수 있는 것이 바로 인내심에 대한 부분이다. 인내심은 단기적으로 보면 소모성 자원이다. 하지만 장기적으로 보면 기를 수 있는 능력이다. 실행력도 마찬가지다. 군대에서 시도하고 시도해서 계속 도전했던 것이 눈덩이가 되어 어느 날 나에게 좋은 기회가 왔을 때 잡을 수도 있다. 그리고 그렇게 훈련한 실행력 덕분에 전역 후에도 도전을 실행할 수 있었다. 실패 중독에 빠지지 않는 한 실패를 두려워하지 말고 넘어질 때마다 일어나는 실행력이 필요하다.

군대에서 많은 걸 경험할 수 없으면서 동시에 많은 걸 경험할 수 있다. 어떤 군 생활을 하느냐는 내가 어떤 마음가짐으로 무엇을 하느냐에 따라 달렸다. 평범한 군 생활이 아닌 인생을 바꾸는 군 생활을 원한다면 지금 바로 실행해야 한다. 많은 시도를 할수록 당신의 실행력은 강해질 것이다. 설사 군대에서 경험했던 모든 것들이 전역하는 순간 무용지물이 되더라도 당신의 피와 뼈, 가슴에 남은 실행력은 평생 도움이 될 것이다.

세상에서 가장 부유한 곳이 어디일까? 바로 공동묘지다. 묘지 아래에는 발명되지 못한 발명품들, 실현되지 못한 아이디어, 수많은 사람들의 머릿속에 있는 보물들이 세상에 나오지 못한 채 묻어있다. 그래서 공동묘지가 세상에서 가장 부유한 곳이다. 우리 가슴에도 분명히 보물과 같은 생각이 있다. 단지 행동으로 실행으로 옮기지 못했을 뿐이다. 매번 생각에서 그치고, 될 이유보단 안 될 이유를 대며 실행을 미뤘다.

과거를 보면 그 사람의 미래를 알 수 있다. 나는 과거가 당당하지 못했다. 과거가 부끄러웠다. 나의 과거를 보니 미래도 어떻게 될지 뻔했다. 그래서 나는 현재를 바꿨다. 이미 지나가 버린 과거를 바꾸는 것은 불가능하다. 하지만 오늘을 새로운 마음으로 살아내고 작은 실행이라도 한다면 전과 다른 내가 된다. 이렇게 매일을 살아내면, 오늘이 어제가 되고, 또 오늘이 1년 전이 되는 순간 나의 과거는 새롭게 변화될 것이다. 지금 머릿속에 떠오르는 생각을 바로 행동으로 옮겨라. 그 행동이 반복되어 습관이 되고 그런 습관이 모여 내 인생 전체가 바뀔 것이다.

04
나눌 때 커지는 선한 영향력

호랑나비 독서 모임을 만들고 나의 한계를 많이 느꼈다. 책을 처음 읽는 병사들에게 도움이라도 되려면 내가 잘 알아야 했다. 당당하게 그들 앞에서 독서 모임을 하자고 이야기했지만, 속으로는 하루하루 어떻게 진행해 나갈지 고민이 많았다. 이왕 하는 거 제대로 독서 모임을 하기 위해 본깨적 독서법 리더 과정을 듣기로 결심했다. 주변에서는 '책 읽는데 무슨 돈을 주고 교육을 듣냐'이라며 이해가 안 된다는 식으로 바라봤다. 비용도 만만치 않았고 교육 기간도 2달이 넘었다. 당시 군 복무 기간 중에 경영학 석사과정을 등록하기 위해 모아두었던 적금밖에 없었다. '지금도 충분히 잘 하고 있는데 내가 이렇게 많은 돈과 시간을 들여서 해야 할까?'라고 고민도 했다. 처음 독서 모임을 하기로 마음먹었을 때를 생각했다. 내가 이들을 위해 진정으로 해 줄 수 있는 것이 무엇인지 생각해봤다.

장교와 병사. 우리의 관계는 지금도 충분히 돈독했다. 군인 본연의 임무를 수행하는데 더할 나위 없이 좋은 관계였다. 군 생활 중 잠깐 스쳐 지나가는 병사가 아닌 내 친구, 친한 동생, 학교 후배로 이들을 바라보았다. 이들을 살리고 싶었다. 군대에서 죽은 시간을 보내는 동생 같은 병사들에게 내가 해줄 수 있는 것을 조금 더 나누어주고 싶다는 생각을 했다. 비록 내 돈과 시간을 들이는 것이지만 충분히 가치가 있다고 생각했다. 대학원을 가라고 권유하신 부모님의 의견을 뒤로한 채 적금을 깨고 독서 교육을 들었다. 군인의 신분으로 몇 개월에 걸친 교육을 듣기가 쉽지 않았다. 한창 훈련이 많을 때였고 혼자서 두 세 명의 역할을 감당해내야 하는 시기였다. 한 달에 한 번 나갔던 휴가는 온전히 교육을 듣거나 준비하는 데 모두 썼다. 그렇게 해도 모든 교육을 참여할 수 없었다. 아마 빠진 교육이 더 많았을 것이다.

많은 고민과 기도 끝에 선택한 힘든 결정이었지만 교육을 듣는 과정은 내게 더 힘들었다. 시간과 돈을 모두 책을 읽는 데 썼다. 개인 시간을 모두 반납한 채 책만 읽었다. 1년이 넘게 장거리 연애하느라 지쳤던 여자친구는 챙기지 못하면서 책은 죽어라 읽어댔다. 이별의 아픔도 꾹꾹 눌러가며 책을 읽었다. 병사들을 살린다는 생각으로 책을 읽었다. 나의 노력은 헛되지 않았다. 본깨적 독서법을 함께 듣는 선배님들이 여러모로 도움을 주었다. 휴가 때마다 빠지지 않고 나갔던 양재나비 독서 모임에서도 어떤 군인이 병사들을 위해서 책을 열심히 읽는다는 게 알려지면서 많은 분이 도움을 주셨다.

매번 서울에 있는 교육을 들을 수 없었다. 강원도에 있는 나를 위해 좋은 강의를 녹음해서 보내주시는 분들도 생겼다. 그동안 자신이 독서모임을 하면서 정리한 자료와 노하우를 아낌없이 메일로 보내주시는 분도 계셨다. 어떤 분은 독서법과 시간 관리를 위한 바인더 사용법을 SNS로 가르쳐주셨다. 매일 내가 기록한 부분을 사진을 찍어 올리면 이 부분은 이렇게 하고 이 부분은 이렇게 보완하면 좋다고 자세한 코멘트까지 남겨주셨다. 사실 교육을 시작할 때 내가 가진 것을 병사들에게 나눠준다는 생각을 했다. 내 시간과 돈을 이들에게 일방적으로 준다는 생각이 틀렸다는 걸 깨닫기까지는 오랜 시간이 걸리지 않았다.

독서 모임에서 서로를 부르는 호칭을 선배님이라고 한다. 가르치면서 배우고 배우면서 성장하고 서로에게 배운다는 '교학상장(敎學相長)'의 의미로 선배님이라는 호칭을 쓴다. 많은 걸 알려주고 가르쳐줄수록 병사들보다 내가 더 많이 배웠다. 알려주고 가르쳐줄수록 더 많은 걸 배우는 선순환은 '교학상장'과 선한 영향력이 비슷한 것 같다.

선한 영향력도 교학상장과 마찬가지로 나눌수록 돌고 돌아 선순환을 이룬다. 군대 밖에서 만난 독서 리더 8기, 양재 나비 선배님들 덕분에 나와 호랑나비 병사들은 군대라는 울타리 안에서도 많은 혜택을 누렸다. 처음 몇 번의 모임을 빼고는 우리가 모임 때 진행했던 도서 모두 다른 선배님들께 선물을 받았다. 군대에서 병사들이 변화하는 모습을 이야기했을 뿐인데 많은 분이 앞다투어 책을 사주시겠다며 부대로 책을 보내주셨다. 얼굴도 한번 본 적 없는 병사들을 위해 한 번에 10권이 넘는 책들을 보내주신 분들이 많이 계셨다. 나도 우리 병사들도 선한 영향력에 대해 가슴으로 깨닫는 계기가 되었다. 우리가 할 수 있는 건 열심히 책을 읽고 본깨적을 하고 책을 보내주신 분께 감사편지를 쓰는 일밖에 없었다. 군인들이 쓴 못나고 투박한 글씨지만 마음만큼은 편지에 전해져 선물해주신 선배님들의 가슴에 감동을 안겨주었다.

"종모야 책 속 본깨적을 왜 그렇게 열심히 정리해?"

"이 책이 너무 좋아서 이번에 들어온 신병에게 선물로 주려고 제가 책 속 본깨적 해놓은 건 따로 적어놓고 있었습니다."

평소와 달리 너무 열심히 본깨적 노트를 정리하고 있어서 물어봤더니 종모는 이런 대답을 내게 했다. 선배님들께 받은 건 눈에 보이는 책이 다가 아니었다. 누군가에게 내가 가진 것을 나눠주는 마음까지 받았다. 어느새 선배님들께 선물 받은 책들은 부대 안에서 동기나 후임에게 물려주는 전통이 생겼다. 처음 책을 받은 건 호랑나비 병사들뿐이었지만 어느새 부대에서 누구나 한 권쯤은 선물 받은 책을 가지고 있게 되었다. 선한 영향력은 퍼지고 퍼져 우리 부대 전체까지 퍼진 것이다.

어느 날 병사들에게 이렇게 말했다.

"너희들에게 책을 보내주시는 선배님들처럼 너희들이 누군가에게 물질적으로 베푸는 일은 지금 당장 할 수 없을 거야. 하지만 너희들에게도 충분히 나누어 줄 것이 많다는 걸 기억해. 지혜, 열정, 꿈, 희망 이런 것들은 누구보다도 너희 가슴속에 넘치는 것들이잖아. 양재나비 선배님들이 너희들에게 해주신 것처럼, 내가 너희들에게 보여준 것처럼, 너희도 누군가에게 그렇게 선한 영향력을 끼쳐야 해. 그 선한 영향력은 어디론가 반드시 흘러갈 테니까."

다른 선배님들께 받은 선한 영향력을 표현하기 위해 나도 우리 병사들에게 책을 사주며 선한 영향력을 전했다. 감동받은 책은 다 읽고 나면 가장 먼저 '누구에게 이 책을 선물해줄까?'부터 고민했다. 자연스레 병사들에게 많은 책을 선물하게 되었다. 이렇게 매달 최소 내 월급의 10분의 1을 병사들에게 책을 사주는데 투자했다. 책뿐만이 아니다. 책을 읽히려면 PX에서 먹을 걸 사주며 마음을 열었고 휴가 복귀하는 날이면 부대로 복귀하기 전에 밥이라도 한 끼 사주면서 책을 선물했다. 이렇게 나도 우리 병사들도 선배님들께 받은 선한 영향력을 자신만의 방법으로 이곳저곳 흘려보냈다.

자신이 가진 선한 영향력을 나누다 보니 자연스레 감사가 넘쳐났고 인성과 인격이 함께 성숙해갔다. 미국의 부자들은 세금을 충실히 납부한다고 한다. 어떻게 하면 조금이라도 세금을 덜 낼까 탈세를 고민하는 한국의 부자들과 그들이 다른 점은 무엇일까? 미국의 부자들은 자신이 가진 재산을 자녀에게 직접 물려주는 것보다 사회에 환원해 자식이 잘 자랄 수 있는 사회 환경과 시스템을 조성하는 것이 길게 봤을 때 자녀에게 더 유익이라는 것을 안다고 한다. 이런 사고가 대다수 부자들에게 있다 보니 미국은 사회적으로도 빠르게 건전한 시스템이 자리 잡았다고 한다.

구타와 가혹 행위가 끊이지 않는 군대. 요즘 군대에서도 인성교육이 많이 강조되고 있다. 인성이라는 건 눈에 보이지 않기에 교육하기에 정말 힘든 것 같다. 군대에서 막무가내로 자기만 생각하고 이기적인 병사들을 많이 보았다. 벌점을 부여하고 징계를 하고 영창을 보내는 것들이 행동은 고칠 수 있어도 마음까지 인성까지 고치진 못한다. 진정한 인성을 기르기 위해선 다른 무언가가 필요하다. 사회에 나와도 인성이 중요하다는 걸 느낄 때가 많다. 많이 배웠다고 높은 자리에 있다고 나이가 많다고 인성이 좋은 건 아니다. 책을 읽고 생각을 나누는 독서 모임이 자리가 잡으니 생각하지 못했던 인성까지 함께 기르는 모임이 되었다. 함께 선한 영향력을 나누며 우리는 인성과 인격이라는 선물을 덤으로 얻었다.

삭막해지려면 한도 끝도 없이 삭막해질 수 있는 군대. 겉으로 보이지 않는 촉촉함이 우리 부대에 가득했던 이유는 다름 아닌 자연스레 퍼진 선한 영향력 때문이었다. 서로에게 무언가를 더 주려는 마음. 이 사람에게 좋은 사람이 되고자 하는 마음. 계급을 떠나 인간 대 인간으로 서로 존중하고 배려하는 마음. 군대 독서로 의도치 않은 하늘이 주신 선물이다.

Chapter

06

군대 독서로
평생을 이끌
비전을
품어라

01
비전을 설계하는 비저니어

맹인으로 태어난 것보다 더 불행한 것은
시력은 있지만 비전이 없는 것이다

헬렌켈러

흔히 인생을 여행이라고 표현한다. 모든 여행은 목적지가 있다. 당신의 인생은 어떤 목적지를 향한 여행인가? 나는 이 목적지가 바로 비전이라고 생각한다. 책을 읽으며 내가 가장 많이 생각한 단어는 다름 아닌 비전이다. 목적지가 없는 여행은 여행이 아닌 방황이다. 나는 내 인생을 방황만 하다 끝내고 싶지 않았다. 그래서 비전을 찾고 싶었다. 군 생활의 전반전과 후반전은 책을 만나기 전과 후로 나뉜다. 이처럼 책을 만나고 군대 독서를 시작한 이후에도 전반전과 후반전이 나뉜다. 그 기준은 바로 비전이다. 6개월 정도 책을 읽으니 내 사고가 바뀌는 걸 경험했다. 책 한 권을 읽어도 많은 사색을 하고 적용을 하니 사고의 확장이 빨리 일어났다.

나는 나름으로 열심히 살았고 남들이 뭐가 되고 싶냐고 물었을 때 확실히 대답할 수 있는 목표와 꿈도 있었다. 하지만 책을 읽을수록 나와는 조금 다른 저자들의 모습을 보고 고민에 빠졌다. 나는 비전이 없었다. 내 인생이 비전이 없다는 것이 아니라 내가 무엇을 보고 나가야 할지 기준으로 삼을 비전을 가지고 있지 않았다. 단순히 가고 싶은 회사, 살고 싶은 집, 사고 싶은 차 같은 단순한 목표와 꿈만 있었다. 하지만 이런 것들이 내 인생의 목적인가? 라는 질문을 던지니 흔들리기 시작했다. 이런 작은 목표가 아닌 수많은 꿈을 하나로 묶을 수 있는 비전. 그 비전을 위한 삶을 살길 원했다. 비전은 어떤 것인가? 비전은 말 그대로 보이는 것이다. 시력, 시각, 비전, 상상력.. 보이는 많은 것을 의미한다. 요즘 20대를 막막한 시대에 살아간다고 한다. 앞이 보이지 않는 시기. 많은 어른이 말하는 어둠의 시기. 이 시대에 우리는 무엇을 보고 나아가야 할까? 비전은 정말 눈에 보이는 것일까? 요즘 20대의 장래희망을 조사하면 대다수가 2가지 범주에 속한다고 한다. 대기업과 공무원. 나도 물론 그 안에 속했던 사람이다. 다른 사람들은 몰라도 나는 정말 비전이 없이 단순히 잘 먹고 잘 살기 위해 달렸다. 열심히 달렸지만 뿌듯함도 개운함도 아무것도 없었다.

의미 있는 방황을 하며 비전을 찾기 시작했다. 하루아침에 비전이 보이진 않았다. 비전을 찾으려니 내가 진짜 무엇을 원하고 어떤 사람인지 알아야 했다. 나는 나 자신을 잘 안다고 생각했는데 진지하게 고민하니 '나'라는 사람에 대해 아는 것이 없었다. 기준도 가치관도 철학도 없었다.

'연봉 높은 사람들은 20대부터 무엇을 했나'에서

성과를 내는 사람들의 비결을 조사해봤다. 이들이 남들과 다른 성과를 내는 이유는 단 하나였다. 그들은 모두 자신만의 프레임을 갖고 있었다.

"프레임이란 지식의 체계이며 전체상이라고 할 수 있다.

바꿔 말하면 인생관, 세계관이다. 즉, 자신만의 프레임을 갖는다는 것은 눈앞의 일이나 정보에 현혹되지 않고 자신의 가치관에 따라 판단 내릴 수 있는 지표를 갖는다는 것을 말한다"

비전을 찾기 위해 고민할 때 나만의 프레임이 없다는 걸 깨닫고는 충격을 받았다. 프레임은 틀, 액자라는 뜻을 가지고 있다. 나는 나만의 관점과 생각이 없었다. 대기업을 바라고 원했던 것도 주변에서 좋다고 하니 가고 싶어 했던 것이고 지금까지 열심히 살아왔던 이유도 남들이 열심히 달려가니 뒤처지지 않으려고 노력했던 것이다. 내 삶의 중심을 잡아줄 무언가가 필요했다. 지금까지는 그럭저럭 살아왔지만, 세월이 흐를수록 나만의 중심이 없으면 더 흔들릴 것 같았다. 하루라도 빨리 중심을 찾고 싶었다. 이전과 다르게 더 간절한 목표를 가지고 책을 읽었다. 책을 읽으며 가장 많이 변화하고 성장한 부분은 삶의 기준과 원칙이 생겼다는 것이다. 쉽게 말하면 마음의 무게 중심을 잡아줄 추가 생긴 것이다

초고층 빌딩을 지을 때 가장 많이 고려하는 게 바람의 저항이다. 고도가 높아질수록 더 빠르고 강하게 부는 바람 때문에 초고층 빌딩은 좌우로 흔들린다. 이런 문제를 해결하기 위해 건물에 설치한 것이 바로 '댐퍼(Damper)'이다.

사진은 타이베이 101빌딩 상층부에 설치된 공 모양의 '댐퍼'이다. 바람이 오른쪽에서 불어 빌딩이 왼쪽으로 움직일 때 공중에 떠 있던 댐퍼는 상대적으로 오른쪽으로 움직이게 된다. 빌딩의 움직임과 반대로 움직이기 때문에 무게중심을 잡아 빌딩 전체의 움직임을 줄여주는 역할을 한다.

비전은 역경과 시련이 나를 흔들리게 할 때마다 중심을 잡아준다. 비전은 나에게 열정을 주고 감동을 준다. 비전은 내가 하는 일에 대한 가치를 높여준다. 비전은 좋은 것이 아닌 내게 맞는 것을 선택할 수 있는 기준이 된다. 비전은 내 인생의 목적지이다. 목적지가 있는 사람은 지치더라도 포기하지 않는다. 그곳에 반드시 가야만 한다. 아직도 나는 비전을 구체화하고 있다. 분명한 것은 군대 독서를 시작하며 비전을 그려가는 덕분에 내 삶이 달라졌다.

내가 궁극적으로 원하는 것은 비전만 품는 사람이 아니다. 비저니어의 삶이다. 비저니어는 비전(Vision)과 엔지니어(Engineer)의 합성어이다. 비전을 현실로 만들어내는 사람을 말한다. 앤디 스탠리 목사님은 이런 공식을 말했다.

비저니어링 = 영감 + 확신 + 행동 + 결심 + 완성

우리는 군대에서 독서를 통해 비전을 찾았다

나는 이 책 전체에 군대 독서에 관한 비저니어링 과정을 모두 담았다. 처음 박대호 대표님의 강의를 듣고 영감이 떠올랐다. 박상배 본부장님의 '본깨적'을 읽으며 하면 된다는 확신을 했고 그 확신을 행동으로 옮겼다. 행동으로 실천한 과정에서 수많은 결심을 해야 했다. 마음의 편지를 받고 포기하고 싶었을 때, 부대 업무가 밀려들어 모든 걸 내려놓고 싶었을 때, 개인적으로 힘든 일이 너무 많아 아무것도 하기 싫을 때도 나는 걸어가기로 결심했었다. 수많은 결심을 하고 나서 군대 독서가 완성되었다. 아니 군대 독서라는 개념이 완성되었지 아직 군대 독서는 미완성이다. 그래서 이 책을 썼다.

비전을 품은 사람은 엔지니어링의 과정도 살아갈 수밖에 없다. 특히 책을 통해서 비전을 그려가는 사람은 책을 통해서 엔지니어의 과정도 함께 그려가고 실행한다. 머릿속으로 그린 비전을 삶으로 그려나갈 때 생각하지 못한 장애물들을 많이 만난다. 사회에 나와서도 내가 군대에서처럼 간절하게 군대 독서를 말하는 이유는 비전을 실제로 엔지니어링하는 과정에서 더 많은 책을 읽으며 열정에 불을 지펴야 하기 때문이다.

이 책으로 영감, 확신, 행동까지 안내할 수는 있다. 당신의 작은 행동이 장애물을 만날 때마다 결심하고 또 결심하고 결심을 하는 과정은 새로운 무언가로 충족시켜야 할 것이다. 열정이 부족하면 성공한 사람들의 자서전을 읽고, 방법이 부족하면 자기계발서를 읽고, 지친 마음을 달랠 땐 문학을 읽고, 지혜가 필요할 땐 고전을 읽어야 한다. 엔지니어링에 대한 이야기만 써도 책 한 권은 나올 것이다. 그만큼 비전을 현실로 만드는 건 어렵고 긴 여정이다. 군대라는 곳에서 이 모든 것을 할 순 없지만, 이 모든 것을 준비할 순 있다.

"군대는 전쟁을 준비하는 곳이지만 사회는 전쟁이 일어나는 곳이다."

사회로 나가는 내게 과장님이 전역한다고 풀어지지 말고 군대에서처럼 열심히 살라고 해주신 말씀이다. 당신은 군대에서 군대 독서로 비저니어링을 준비해야 한다. 사회에서는 정신없이 비저니어링을 해야 한다. 자신만의 확고한 비전을 세우고 중심을 잡아줄 마음의 추를 세워야 한다. 주변 환경에 휩쓸리지 않을 가치관과 철학은 가지면서 동시에 새로운 정보와 의견은 받아들일 수 있는 융통성을 지녀야 한다. 군대 독서로 비저니어링을 준비하는 사람만이 군대에서 인생을 역전할 수 있을 것이다.

02
멀리 가려면 함께 가라

> 시간을 달리 써라
> 사는 곳을 바꿔라
> 새로운 사람을 만나라
>
> 오마이 겐이치

　인생을 바꾸는 3가지 방법이 있다. 첫째는 시간을 달리 쓰는 것. 둘째는 사는 곳을 바꾸는 것. 셋째는 새로운 사람을 사귀는 것. 평범한 학생이 김연아처럼 피겨스케이팅 선수가 되고 싶다면, 하루 대부분을 스케이트 연습을 해야 할 것이다. 맹모삼천지교처럼 사는 곳에 따라 행동이 바뀌고 삶이 바뀐다. 그리고 매일 누구와 만나는지에 따라 나의 삶의 방향이 결정된다. 이 세 가지 중에서도 가장 중요한 건 사람이다. 누구를 만나느냐에 따라 나의 인생이 180 바뀌기도 한다. 정민 선생님이 쓰신 책 중에 다산 정약용과 제자 황상의 이야기를 쓴 책이 있다. '삶을 바꾼 만남'이라는 책이다. 그 책의 앞부분에 만남에 대한 설명이 나온다.

"만남은 맛남이다. 누구든 일생에 잊을 수 없는 몇 번의 맛난 만남을 갖는다. 이 몇 번의 만남이 인생을 바꾸고 사람을 변화시킨다. 그 만남 이후로 나는 더는 예전의 나일 수가 없다.

군대에서도 이런 맛난 만남이 있을까? 우리의 인생을 바꾸고 변화시킬 그런 만남… 우리는 책을 통해 이런 맛난 만남을 군대에서 만날 수 있었다. 전역할 때 무엇이 가장 귀하게 남을까? 군대에서 배운 지식? 매일 연병장을 뛰며 기른 체력? 군대를 전역한 대한민국 남자라면 대부분 '2년을 함께한 선후임과 동기'라고 대답할 것이다. 하지만 2년을 함께한 선후임과 동기라고 전역 후에도 모두 내 곁에 남을까? 자신 있게 '아니'라고 대답할 수 있다. 사회에서는 내 입맛에 따라 사람을 골라 사귈 수 있다. 군대에서는 다르다. 내가 원치 않아도 함께 훈련을 받아야 하고, 같은 생활관을 써야 한다. 사람이 가장 큰 스트레스인 동시에 가장 큰 재산이다. 나와 맞지 않는 사람, 부정적인 사람, 나를 힘들게 하는 사람을 만나면 그것만한 스트레스도 없다. 반면에 내가 힘들 때 진심으로 위로의 말을 건네 줄 동기, 방황하며 길을 헤맬 때 옆에서 방향을 잡아준 멘토, 꿈을 위해 도전할 때 곁에서 함께 걸어가 주는 친구. 이런 사람들과 함께 살아간다면 그만큼 또 귀한 재산이 없다.

나는 ROTC였다. 장교로 임관하기 위한 경로 중 하나로 대학교 3, 4학년을 장교 후보생으로 지내며 군사학 수업을 듣고 방학 때 군사훈련을 받는다. ROTC는 대학교 3,4학년 여름방학, 겨울방학에 군사훈련을 간다. 총 4번의 군사훈련을 가야 한다. 이 기간에 다른 학교의 후보생들과 함께 훈련을 하고 생활관을 쓴다. 2주~4주라는 짧고도 긴 시간을 훈련받는다. 아침부터 밤까지 빠듯한 훈련 계획이 짜여 있다. 고된 훈련 때문일까? 이 시간 동안 함께한 동기들과 엄청 가까워진다. 3학년 여름방학 때 함께 훈련을 받은 동기들과 아직까지도 연락을 주고받는다. 2년을 함께 생활한 동기들은 오죽할까? 함께 생활한다고 전역 후에도 다 연락하고 싶은 건 아니다. 정말 나와 마음이 맞는 동기, 내 인생에 도움이 될 것 같은 선임, 나보다 어리지만 배울 것이 많은 후임과는 평생을 함께 하고 싶을 것이다.

앞에서도 말했듯이 군대에서 만나는 인연은 사회에서와 다르게 내가 맘대로 바꿀 수 없다. 이미 정해진 운명이다. 하지만 책을 읽으며 우리는 책을 통해 평생 함께 할 인연이 되었다. 사회에서 남자들은 보통 술을 한 잔 걸치고 나서야 속마음을 얘기한다. 군대에선 맘대로 술을 마실 수 없다. 그래서 대부분의 병사들은 자신의 속마음을 꺼내 놓을 기회가 많지 않다. 나는 독서모임을 하면서 병사들과 정말 많이 가까워졌다. 우리는 책을 읽으며 깨달은 것을 서로 나눴다. 처음에는 어색해서 속마음을 털어놓지 못했지만 어느덧 라포(Rapport)가 형성 되고 마음속 고민들을 꺼내 놓기 시작했다. 병사들의 이야기를 들으 며 '저렇게 많은 생각을 하고 있었구나', '생각 없이 생활하는 줄 알았 는데 아니었네' 같은 많은 생각이 들었다. 나는 간부로서의 고충을 얘 기했고 병사들은 분대장으로서 겪는 어려움, 신병의 부담감 등을 얘 기하며 서로가 직접 겪어보지 않으면 모르는 것들을 나눴다. 그러면 서 우리는 서로의 마음을 이해하기 시작했다. 그리고 우리는 함께 달 라지기 시작했다.

독서모임 때 우리는 세 가지 내용을 차례로 나눴다. 첫 번째는 책 에서 중요하다고 생각한 것들을 나눴다. 두 번째는 그것을 보고 느낀 자신의 생각을 나눴다. 세 번째는 그런 생각들을 실행하기 위한 구체 적인 계획과 방법들을 나눴다. 가장 힘든 것이 실행이었다. 호랑나 비 독서 모임에서 '멈추지 마, 다시 꿈부터 써 봐'를 한 적이 있다. 김 수영 작가가 힘든 시절 속에서 꿈을 적고 그 꿈을 향한 도전기를 쓴 책이다. 모든 병사가 이 책을 읽고 자신도 꿈을 꾸겠다며 꿈 리스트를 작성했다. '인생의 사명 찾기'라는 큰 꿈부터 '5kg 감량'이라는 작은 꿈까지 많게는 수십 개의 꿈을 썼다. 이 꿈들을 이루기 위해 우리는 '오늘 내가 할 수 있는 행동'으로 잘게 쪼갰다. 작은 종잇조각들이 모여 큰 그림이 되는 것처럼 우리의 꿈도 그렇게 이뤄지길 바랬었다. 구체적이고 작은 실천계획들만 보면 꿈이 다 이뤄질 것만 같았다. 매일 매일 피드백을 받으며 잘 해나가고 있는지 물었다. 한 병사는 '군 생활을 하며 제 꿈을 찾아가는 과정은 마치 강물을 거슬러 올라가는 것과 같습니다.'라고 했다.

군대에서 꿈을 위해 무언가를 한다는 게 정말 어려워 보였다. 아니 실제로 어려웠다. 같은 부대에 있는 이상 생활 패턴은 대부분 비슷하다. 함께 훈련을 받고 쉬는 것도 같이 쉰다. 다른 점이 있다면, 개인 시간의 사용일 것이다. TV를 보고, 헬스를 하고, 당구를 치고, 게임을 하고, 인터넷을 하고, 전화를 하고 저마다 제각기 시간을 보낸다. 다른 병사들은 편하게 쉴 때 공부를 하고 책을 읽고 운동을 한다는 건 쉽지 않았다.

도전할 때 실패가 거듭되면 성취보다는 실패를 자연스러운 것으로 받아들이게 된다. 실패에 익숙해지면 자존감이 낮아지고 다시 도전하려는 마음이 사라진다. 그렇게 되면 우리가 책을 읽고 삶을 바꾸는 것이 무용지물이 된다. 심각하게 고민했다. 어떻게 하면 우리가 계획한 대로 살아갈 수 있을까? 며칠을 고민했다. 우리 호랑나비만의 장점을 충분히 살리지 못했다는 생각을 했다. 나는 퇴근 후에 부대 밖 간부 숙소에서 잔다. 하지만 우리 병사들의 생활관은 한 층에 몰려 있었다. 우리는 서로 마주칠 때마다 '잘 하고 있어?'라는 짧은 인사를 건네기로 했다. 서로가 무엇을 목표로 하는지 대충은 알고 있었지만 '너 그거 했어?'라고 물어보지 않았다. 실행 여부를 떠나 단지 '잘 하고 있어?'라는 짧은 질문으로 서로에게 용기를 주었다. '잘 하고 있어?'라는 한 마디에 우리는 책을 읽고 작은 행동을 바꿀 힘을 얻었다. 나는 조금만 참으라고 했다. 포기하지 않으면 결국 우리처럼 꿈을 위해 시간을 아끼는 병사들이 늘어날 것이라고 조금만 참으라고 했다. 혼자라면 진작에 쓰러졌을 텐데, 함께 하기에 조금이라도 더 버틸 수 있었다.

우리 호랑나비 병사들은 책을 읽고 결심했던 것을 지키려고 군대에서 시간관리를 했다. 목표를 정하고 역산 스케줄링을 하며 자신이 가용할 수 있는 시간에 해야할 일들을 계획하고 실제로 계획대로 실천했다. 꿈을 찾고 싶어 성공한 사람들의 책을 읽고 싶다던 병사, 대학을 입학했지만 진짜 하고 싶은 전공을 위해 재수를 준비하는 병사,

전역 후 취직을 위해 실무 자격증을 준비하는 병사 등 우리는 모두 작은 행동을 시작으로 꿈을 위한 여행을 출발했다. 주말엔 함께 병영 도서관에 모여 자신들의 계획을 실행으로 옮겼다.

꿈을 위한 여행은 쉽지 않았다. 특히 군대에서 꿈을 실천하기란 정말 어려웠다. 우리는 서로 독려하고 함께 힘을 모아 포기하지 않고 여행을 계속해나갔다. 작은 빛이라도 꺼지지 않으면 결국 세상에 보이게 마련이다. 호랑나비 병사들이 국가기능검정시험에도 많이 합격하고 체력 등급도 올라가고 여러 가지 면에서 눈에 띄는 성과가 나왔다. 그리고 내가 볼 때 가장 큰 성과는 이들의 삶의 태도였다. 아무리 힘들어도 웃음을 잃지 않았고 다른 병사들을 조금이라도 챙기려는 모습이 눈에 보였다. 이들은 조금은 손해 보더라도 남을 위해 양보하는 연습을 했다. 시간이 지나니 함께 생활하는 병사들도 이들의 행동이 단순히 착한 척이 아니란 걸 느꼈다. 실제로 '새로운 삶을 살기 위해 노력하는구나'라는 걸 인정받으면서 이들과 함께하려는 병사들이 점차 늘어났다. 개인 정비 시간을 활용해 공부하거나 자기계발을 하면 놀림을 받고 눈총을 받던 분위기에서 당연한 분위기가 되어버렸다. 신병이 들어오면 선임들이 어떤 책을 읽어야 할 지를 추천해주었고 다음 국가기능검정시험 일정은 언제인지 알려주며 자신이 풀었던 문제집을 물려주었다.

군대에서 만난 동기들을 바꿀 순 없다. 우리는 자신을 바꿨다. 내가 먼저 좋은 사람이 되려고 노력했고 우리 주변에 선한 영향력을 끼쳤다. 선한 영향력으로 물든 주변까지 좋은 분위기로 바뀌었고 결국 다 함께 좋은 사람이 될 수 있었다.

'내가 좋은 사람이 되어 내게 좋은 사람이 오도록'

인터넷에서 우연히 본 이 글귀. 좋은 사내가 되어 나로부터 비롯되는 선한 영향력을 끼치자. 우리 호랑나비 뜻과 비슷한 이 글귀가 틀린 말이 아니라는 것을 우리는 군대에서 깨달았다. 그리고 좋은 사람들과 함께 한 덕분에 2년이라는 시간이 꿈을 위해 걸어가는 행복한 여행이 될 수 있었다는 것도.

03
1.01과 0.99의 진실

비전을 따라 살다 보면 하루하루 최선을 다하는 삶에 지칠 때가 있다. 어제의 나보다 오늘 더 열심히 살아야 하고 끊임없이 성장해야 한다는 부담감에 사로잡힐 때가 있다.

$$1.01^{365} = 37,783$$

$$1^{365} = 1$$

$$0.99^{365} = 0.025$$

최근 SNS에 이런 공식이 많이 올라왔다. 인터넷을 찾아보니 이 공식은 '리쿠텐 스타일'에서 미키타니 히로시 회장이 한 말이다.

'매일 1%의 개선을 1년간 지속하면 실력은 1.01배만큼 365일로 제곱한 수치까지 향상된다. 그 답은 무려 37.780이다. 매일 단 1%의 개선을 1년간 지속한 것만으로도 실력이 시작 시점의 37배를 넘는 것이다.'

라쿠텐 스타일, 미키타니 히로시

미키타니 히로시 회장은 '자신을 적극적으로 개선하자'라는 발상을 가진 이가 드물다고 했다. 자신의 한계를 넘어 스스로 개선하려는 사람은 정말 드물다. 업무적으로 개선하는 것도 힘들지만 개인의 삶을 개선하는 건 더 어렵다. 처음에 내게 독서는 업무효율을 높이기 위한 수단이었다. 일의 효율을 높이는 방법을 찾아보고 업무관리 노하우, 시간 관리 노하우를 찾아봤다. 독서는 내게 업무 효율뿐만 아니라 개인적인 성장에도 많은 도움을 주었다. 진짜 하루하루 달라지는 내가 신기할 정도였다. 하지만 이 성장이 달콤한 것만은 아니었다. 긍정적인 변화를 성장이라고 한다. 불편하지 않은 삶에서 변화를 만드는 것은 어려웠다. 단순한 변화가 아니라 나의 부족한 점을 보완하는 변화, 내가 가지지 못한 습관을 만드는 변화라 정말 어려웠다.

나는 눈 뜨고 감을 때까지 꿈을 위해서 내가 해야 할 일과 오늘 하루의 시간을 어떻게 보낼지 꼼꼼히 적고 그대로 살아내려고 노력한다. 가끔 이렇게 틀에 박힐 정도로 힘든 생활을 지속해야 하는지 의문이 들었다. '무엇을 위해 이렇게 살아갈까?', '무엇이 나를 이렇게 힘들게 할까?' 그때 성경 한 구절이 눈에 들어왔다.

현재의 고난은 장차 우리에게 나타날 영광과 비교할 수 없도다
로마서 8장 18절

지금 이렇게 힘든데 나중에 나타날 영광이 중요한가? 나중에 얼마나 큰 영광이 내게 있을까? 그 영광을 생각하면 지금의 고난이 비교할 수 없이 작은 것일까? 하루하루 성장을 위해서 1.01을 살아내려고 발버둥 치는데 나는 과연 얼마나 잘 하고 있는 걸까? 계속 질문을 던졌다. 일본 최대 인터넷 쇼핑몰을 창업한 미키타니 히로시가 틀렸다는 결론을 내렸다.

어제의 1.01의 하루와 오늘의 1.01의 하루, 내일의 1.01의 하루는 모두 다르다. 오늘은 1%의 개선과 노력으로 1.01로 성장했다. 그럼 내일은 같은 개선과 노력이 필요할까? 아니다. 오늘보다 더 많은 개선과 뜨거운 노력이 있어야 1% 개선할 수 있다. 운동과 비교하면 이해가 쉽다. 오늘은 5kg 덤벨을 들어도 내게 버겁다. 팔이 쑤시고 온몸에 알이 배긴다. 시간이 지나고 나에겐 5kg 덤벨은 자극이 되지 않는다. 근육이 성장하기 위해선 5kg이 아닌 10kg 덤벨을 들어야 한

다. 성장은 단리가 아닌 복리다. 오늘 1% 성장과 내일 1% 성장은 다르다. 내일은 오늘 성장을 위해 들였던 노력보다 더 큰 노력을 해야 1% 성장이 있다. 이렇게 1% 더 성장했다면 내일은 단순히 1.01이 아닌 1.01x1.01이다. 미키타니 히로시 회장이 말했던 1.01의 개선을 1년 동안 지속했을 때 37이 된다고 한 건 단리를 적용한 계산이다.

$$1.01\times(1.01)^2\times\cdot\cdot\cdot\times(1.01)^{364}=1.01^{66,795}=4.43\times10^{288}$$

성장을 복리로 생각하고 다시 계산하면 상상할 수 없이 큰 숫자가 나온다. 10의 12제곱이 1조이니 10의 288제곱은 상상할 수도 없이 큰 수이다. 매일매일 정말 치열하고 독하게 살았다. 매일 평범하게 살아가는 사람과 나와의 차이가 1과 37이었다면 난 그냥 평범하게 살아가는 걸 택했을 것이다. 1과 37의 차이도 크지만 내가 1.01을 살기 위해 겪은 고통이 훨씬 더 크게 느꼈기 때문이다. 하지만 성장을 복리로 생각하니 그 고통을 견딜 만 했다. 어느 날 내게 다가온 성경 말씀처럼 현재의 고난은 장차 내게 다가올 영광과 비교할 수 없다는 사실이 믿어졌다.

이렇게 1.01을 위해 겪는 고난이 충분히 가치가 있다는 생각을 하니 어디선가 모르게 힘이 솟아났다. 단순히 생각 하나가 바뀌었는데도 전에는 힘들었던 상황과 환경, 경험들이 조금은 쉽게 다가왔다. 2016년도 내 씨앗 도서였던 '생각의 비밀'에서도 이와 비슷한 내용이 있다. 생각의 비밀은 스노우폭스 라는 그랩앤고 도시락 체인점으로 4,000억 자산가가 된 김승호 회장이 쓴 책이다. 김승호 회장은 아무것도 가지지 않은 상태에서 미국으로 건너갔다. 20년 동안 사업을 7번 실패하며 마지막까지 포기하지 않고 지금의 성공을 이뤄낸 비밀을 바로 생각에 있다고 했다.

"사람마다 물리적인 힘의 차이는 몇 배 밖에 차이가 나지 않는다. 하지만 의식의 차이는 수십 배에서 수백 배, 수천 배까지 차이가 난다."

김승호 회장의 한 마디가 내 가슴에 녹아들었다.

우리 삶의 성장도 이처럼 엄청난 차이를 일으킨다. 나는 전역 후에도 매일 1.01을 살아가려고 발버둥 친다. 이쯤 해도 될 섯 같은데 속으로 '조금만 더'를 외치며 살아간다. 군대에서 1.01로 살아내려고 노력한 경험이 지금까지 이어지는 것 같다. 군대라는 곳에서 평범하게 살아내기도 힘들다. 그런 환경 속에서 남들과 다르게 1.01을 살아간다는 건 정말 어려운 도전이다. 1.01과 1을 사는 사람. 단순히 37과 1의 차이라면 나는 당신에게 그 많은 역경을 이겨내며 1.01을 살아보라고 말하지 못할 것이다. 1.01을 1의 삶을 사는 사람과 1.01의 사는 사람은 단순히 1과 37의 차이가 아닌 상상도 할 수 없는 큰 차이가 난다.

나는 군대에서 수도 없이 많은 한계에 부딪혔다. 업무도, 연애도, 건강도, 개인적인 여러 부분까지⋯ 그 가운데에서도 포기하지 않고 1.01을 생각했다. 그리고 나중에 나타날 영광을 생각하며 버텼다. 실제로 그때 생각하지 못한 많은 변화와 결과가 내게 다가왔다. 20대 청춘들 대부분은 군대라는 곳이 지금껏 겪어보지 못했던 인생에서 가장 힘든 시절일 것이다. 가만히 있어도 힘든 군대에서 조금만, 조금만 더 힘을 내어 살아내길. 2년 동안 1.01을 위해 발버둥 친다면 당신 스스로가 말하지 않더라도 주변에서 모두 당신의 성장을 인정할 수밖에 없을 것이다.

04
비전을 두드리는 자, Do Dream!

비전을 현실로 만들기 위해 비저니어링하는 과정에서 가장 많은 인내가 필요한 단계가 행동과 결심이다. 무언가를 행동하고 결과가 나오면 피드백을 하고 수정을 한 후 다시 행동에 옮겨야 하는데 이럴 때마다 포기하지 않고 앞으로 나아가려는 힘이 필요하다. 비전을 분명하게 그리고 함께 비전을 이뤄나갈 사람들과 걸어가고 매일 1%의 성장을 위해 달려가더라도 중간에 포기하면 아무 소용없다. 비전을 이룰 때까지 꿈을 실행하는 그릿이 우리에겐 필요하다. 그릿은 열성과 끈기를 의미하는 심리학 용어이다. 최근에는 안젤라 더크워스가 '그릿'이라는 책도 펴냈다. '그릿'은 꼭 읽어보길 권한다.

안젤라 더크워스는 성취에 대해 이렇게 표현했다.

$$재능 \times 노력 = 기술$$
$$기술 \times 노력 = 성취$$

여기서 재능은 '노력을 기울일 때 기술이 향상되는 속도'라고 정의했다. 무언가를 성취하기 위해선 재능과 노력이 필요하고 특히 노력은 한 번이 아닌 두 번이 필요할 정도로 중요한 인수로 작용하고 있다. 군대 독서를 통해 많은 정보를 얻고 지식도 얻었지만, 이는 부족한 재능을 채우는 것에 불과했다. 내가 책으로 얻은 것들을 삶으로 나타내고 현실로 만들어내기 위해선 처음부터 끝까지 필요한 단한 가지가 바로 노력이었다. 노력은 끊임없이 앞으로 나아가려는 실행력이다. 잘못된 길로 들어서도 잠시 멈춰 지도를 보고 방향을 정해다시 걸어가면 올바른 길로 걸어갈 수 있고 목적지를 찾을 수 있다. 우리에겐 넘어질 때마다 일어설 노력이 필요하다.

군대 독서를 부대에 정착시키기 위해 넘어지고 낙심한 적도 많다. 포기한 적도 많다. 한 번 두드릴 때마다 많은 노력과 시간이 낭비되는 것 같은 느낌도 들었다. 사실 그런 두드림조차 내가 꿈을 위해 걸어가는 과정 중 일부였다. 비전을 두드리는 과정이 꿈을 실행하는 과정이었고 끝까지 포기하지 않는 자세로 작은 성취들을 이뤄냈다. 병사 한 명의 눈빛이 바뀌는 걸 볼 때마다 지나간 상처와 아픔은 다 씻겨 나갔다. 누구도 시키지 않았지만 내가 원해서 한 일이었다. 한 명이라도 살리고 싶어서. 단 한 명이라도 군대에서 꿈을 품고 나갔으면 하는 마음에서 시작한 일이었다.

이 책을 쓰는 과정에서도 내게 엄청난 그릿이 필요했다. 전역하며 부대에 남은 병사들에게 도움이 되고자 호랑나비 독서 모임에 대한 이야기를 정리하던 중 책을 써야겠다는 생각이 들어서 집필을 시작했다. 정말 쉽지 않았다. 책을 읽는 것과 쓰는 것은 하늘과 땅 차이였다. 아무리 열심히 글을 써도 내가 봐도 이해할 수 없는 글이었다. 다듬고 다듬어 간신히 누군가가 이해할 만한 글을 써냈다. 그리고 목차를 정리하며 구조를 생각하고 어떤 말을 할까 수도 없이 고민했다. 결국, 내 마음을 담은 책이 완성되었다. 책을 쓰는 동안 가장 분명하게 배운 것은 꿈을 위해 무언가를 해낼 때 생각보다 많은 노력이 오랫동안 필요하다는 것이었다.

군대를 벗어나 세상에서 꿈을 이루고 있는 많은 사람을 만났다. 특히 내가 있는 괴물 기업 DHJM에는 꿈을 위해 미친 사람으로 가득하다. 창업자 신준모님과 대표를 맡고 있는 고권희님을 비롯해 모든 사람이 꿈에 미쳐있다. 단순한 꿈이 아니라 정말 비저니어로서 비저니어링의 삶을 살아가는 사람들이다. 자신이 그리고 있는 비전과 꿈을 실현하기 위해 밤낮을 가리지 않고 일하고 정보를 찾고 방법을 찾아내며 한 걸음씩 목표에 다가간다. 이들을 보고 있으면 '저들의 노력이면 어떠한 성공을 이루더라도 인정할 수 밖에 없겠다.'라는 생각이 들 정도이다. 평균 연령이 27세인 우리 회사는 어디에 내놔도 꿈에 미친 사람들뿐이다. 이 책을 쓰면서 포기하고 싶은 순간이 많이 들었다. 그 순간마다 DHJM에서 함께 하는 사람들의 눈빛을 보며 마음을 다잡았다. 비전과 꿈을 위한 열정으로 가득 찬 저 눈빛을 군대에서도 보고 싶었다. 군인 한 명을 살리자는 꿈 하나 때문에 끝까지 포기하지 않았다.

어쩌면 이 마지막 장은 우리에게 가장 필요한 말이다. 군대에서 비전을 품고 꿈을 꾸고 그걸 이루어 내기 위해 1년이라는 시간을 미친 듯이 달렸다. 쉽지 않은 길이었다. 수도 없이 두드리고 부딪히고 넘어졌다. 그때마다 비전과 꿈이라는 내 가슴에 숨겨진 보물만 믿고 걸어갔다. 두드리라 그리하면 너희에게 열릴 것이니 (성경, 마태복음 7장 7절) 말씀을 의지하고 비전을 두드렸다. 지금까지 걸어온 시간보다 훨씬 더 오랜 시간을 이렇게 두드리며 살아야 한다. 비전을 이루기 위해 결국 뻔하지만 뻔하지 않은 답인 노력을 해야 한다. 끝까지.

영어 공부도 할 겸 나에게 에너지도 줄 겸 나는 매일 아침 그릿의 저자인 안젤라 더크워스의 테드 영상을 본다. 지금은 거의 외우다시피 한 6분짜리 영상을 계속 보는 이유는 매일 내 마음에 그릿을 불어넣어주기 위함이다. 그중 가장 인상적이었던 부분으로 마무리를 하려고 한다. 새로운 인생을 시작하려는 당신에게 힘들 때마다 새로운 힘을 불어 넣어줄 말이다.

Grit is passion and perseverance for very long-term goals. Grit is having stamina. Grit is sticking with your future, day in, day out, not just for the week, not just for the month, but for years, and working really hard to make that future a reality. Grit is living life like it's a marathon, not a sprint.

그릿은 오래 보고 나아가는 목표를 위한 열정과 끈기입니다. 그릿은 지구력이에요. 그릿은 당신의 미래에 계속 집중하는 겁니다. 매일 매일, 몇 주, 몇 달이 아닌 몇 년 동안이요. 그리고 그 꿈을 실현하기 위해 아주 열심히 일하는 겁니다. 그릿은 단거리 경주가 아닌 마라톤처럼 인생을 살아가는 것입니다.

감사의 글

하나님이 내게 준 맛난 만남

사실 이 책은 내가 쓴 책이 아니다. 내 주변에서 나를 도와주신 모든 분과 함께 한 이야기를 대신 글로 옮겼을 뿐이다. 지금 생각해도 하나님께 가장 감사한 건 부족한 내게 좋은 사람들을 너무나 많이 붙여 주셨다는 것이다. 나는 절대로 혼자서 살아갈 수 없다는 걸 잘 안다. 나 자신을 위해 살아가기보단 남을 돕기 위해 살아갈 때 더 열정적으로 살아간다. 내게 병사들을 살려야 한다는 사명감이 없었으면 군대에서 책을 읽는 대신 토익 공부를 하며 스펙을 쌓았을 것이다. 나를 위한 스펙 대신 남을 위한 책을 붙잡았더니 나 또한 성장할 수 있었다.

'만남은 맛남이다. 누구든 일생에 잊을 수 없는 몇 번의 맛난 만남을 갖는다. 이 몇 번의 만남이 인생을 바꾸고 사람을 변화시킨다. 그 만남 이후로 나는 더는 예전의 나일 수가 없다.

우리는 매일 새로운 만남을 반복한다. 그토록 좋고 간절했다가 끝에 가서 싸늘한 냉소로 남는 만남도 있고, 시큰둥한 듯 오래가는 만남도 있다. 나는 이 한 생을 살면서 어떤 만남을 가꾸어가야 할까?'

'삶을 바꾼 만남', 정민

지금의 내가 있는 것도 삶을 바꾼 맛난 만남들 덕분이다. 내가 책을 만난 것 또한 맛난 만남이었다. 책과의 맛난 만남을 통해 차갑게 잊힐수도 있었던 병사들과의 만남 또한 맛난 만남이 되었다. 어찌 보면 책을 만나기 이전에도 내 주변엔 맛난 만남으로 가득했다. 군대에서 만난 병참 동기들, 군지사 동기들, 특히 인제에서 함께 군 생활을 했던 동기들 덕분에 힘들 때마다 포기하지 않고 버텨낼 수 있었다. 그런 상황 가운데 우연히 만난 꿈벗 컴퍼니 박대호 대표님. 독서법으로 인생을 바꿀 수 있다는 믿음을 준 그 강의 덕분에 다시 일어섰다. '본깨적'의 저자이신 박상배 본부장님과의 만남을 통해 인생의 차이를 만드는 본깨적을 제대로 접할 수 있었다.

강원도 인제에서 뭐라도 해보겠다고 친하지도 않은 분들에게 연락해 여러 자료를 요청하고 문자로 전화로 궁금한 점이 있을 때마다 귀찮게 한 군인을 기특한 마음으로 바라보고 물심양면으로 도와주신 3P 마스터님들과 독서 리더 8기 선배님들. 이분들과의 만남 모두 맛난 만남이었다. 이분들의 도움 덕분에 나는 부족했지만, 호랑나비 독서모임을 시작할 수 있었다.

그렇게 나는 호랑나비 독서모임을 통해서 군대에서 비전을 품고 꿈을 적고 하루하루를 살아내기 시작했다. 수 많은 책과의 맛난 만남을 통해 나는 성장했다. 그리고 우리 병사들과 정말 힘들었지만 행복한 군 생활을 보냈다. 1년의 반 이상은 병사들이 잠자리에 들고 나서야 퇴근하고 아침 점호를 하기 전에 출근했다. 그런 상황 속에서도 병사들에게 꿈을 심어주기 위한 책은 손에서 놓지 않고 다녔다. 끝까지 포기하지 않았더니 결국 우리는 오랫동안 지속되고 있는 맛난 만남이 되었다.

휴가 때 군대 동기들을 만나면 항상 자랑했던 것이 있다. 바로 부대 간부들이다. 강원도 인제 현리에서 힘들었지만 가장 행복한 추억이 되어버린 군 생활을 할 수 있도록 도와주신 많은 간부님. 강동철 대장님, 김상호 대장님 그리고 김미남 과장님, 이석 과장님, 황민식 과장님과 한대현 생감과장님, 선정은 대위님, 권진욱, 황윤성 선배님, 권규열 행보관님을 비롯한 많은 간부님 덕분에 사람에 대한 스트레스 없이 오직 업무에만 집중할 수 있었고 또 개인 여건을 보장받아 그렇게 많은 책을 읽을 수 있었다. 사실 평일에는 감당하기 어려울 만큼 많은 업무가 있었지만 '할 땐 하고 쉴 땐 쉬어야 한다'는 분위기

덕분에 주말과 휴일만큼은 개인 시간을 가져 하루에도 10시간이 넘게 책을 읽을 수 있었다.

간부들뿐만 아니라 내가 만난 병사들 또한 나의 자랑거리였다. 나에게 독서 모임의 필요성을 가장 많이 느끼게 했지만 정작 군대에서 많은 시간을 함께하지 못한 재익이, 옆에서 행정적으로 나의 손과 발이 되어주고 누구보다도 내 속마음을 가장 많이 들어주었던 진서와 진영이, 이름도 똑같고 신앙심도 깊어 누구보다 깊은 유대감을 가졌던 재훈이 형, 호랑나비 독서모임을 처음부터 끝까지 변함없이 자리를 지켜주며 누구보다 많은 성장을 보여줘 내게 힘이 되어준 규봉이, 종모, 동훈이, 상원이, 전역하기 며칠 전 정신을 차리고 본깨적에 빠져 부대에 독서 열풍이 일어날 수 있도록 많은 도움을 준 철균이, 주홍이, 의석이, 은성이, 커다란 덩치와 어울리지 않게 세심하게 책을 읽고 본깨적을 나눈 준민이, 하기 싫은 티를 팍팍 내면서 독서 모임에 참여해서 나를 들었다 놨다 했던 준선이, 군 생활 중엔 한 번도 나오지 않았지만 전역하고는 매번 빠지지 않고 나오는 현우, 군대는 시간 낭비하러 온 것이라고 말해 안타까웠지만 결국 마음이 통해 함께 책을 읽기 시작한 재홍이, 내 말을 믿고 뒤늦게나마 책을 읽어 많은 내적 변화를 이룬 영욱이와 남호. 이 외에도 정말 많은 병사가 나를 행복하게 해주었다. 다른 큰 말썽 없이 열심히 살아주려는 이들의 모습 덕분에 나는 더욱더 책을 열심히 읽을 수 있었고 우리가 함께 이러한 성장을 이루어냈다.

사실 비전을 따라 걷는 길은 혼자서 가기엔 무척 어려운 길이다. 지금의 내가 있기까지 나의 노력은 아주 적은 부분이었다. 꿈을 위해 미친듯이 달리면서 불나방처럼 금방 지쳐가는 나를 위해 조언을 아끼지 않은 강은영 선배님, 군대에서 시작되어 지금까지 매일같이 연락을 주고 받으며 서로를 응원하는 병참 동기들, 주변에 나와 같이 비전을 따라 살아가는 사람이 없을 때 페이스북으로 우연히 만나 이제는 둘도 없는 동역자가 된 비저니어 예인이, 대학교 선후배로 만나 이제는 '세상을 이롭게 하는 이 시대의 한 사람'이라는 사명을 가지고 미래를 함께 그려나가는 창호형, 이 책을 마무리하며 가장 지쳤을 때 좋은 글과 따듯한 말로 격려해준 춘님, 지칠 때마다 기도와 말씀으로 힘을 불어 넣어주는 꿀단지 상우님, 꿈을 위해 산다고 자기 맘대로 이리저리 날뛰는 나를 놀리면서 응원해주고 기도해주는 자양교회 90또래 동기들과 자양 청년들, 항상 말도 안 되는 개그를 하며 헛웃음을 짓게 하는 나에게 꿈을 이야기할 때만큼은 누구보다 뜨겁게 응원해주는 DHJM 괴물들. 전역한 병사들과 함께하는 We나비 독서모임, 하나님의 말씀과 세상의 책을 본께적 하는 자양나비 독서모임. 이렇게 내 주변에 나를 있게 해준 사람들 덕분에 내가 포기하지 않고 비전을 따라 걸을 수 있다.

나에게 맛난 만남은 오늘도 계속되고 있다. 새로운 사람과의 만남도 맛난 만남으로 이어지고 기존에 있던 맛난 만남도 더욱더 맛있는 만남이 되고 있다.

마지막으로 가족들에게 감사드린다. 새벽부터 나를 위해 기도해주시는 할머니, 할아버지. 장손으로 열심히 살아가는 나를 항상 응원해주는 친척들. 군대에서 자주 휴가를 나와도 책 읽는다고 카페에 종일 앉아있고 교육을 듣는다고 여기저기 다니며 밥 한 끼 제대로 하지 못했던 우리 가족. 전역 후에도 비전을 따라 산다고, 책을 쓴다고 휴일에도 맘 편히 함께 한 시간을 갖지 못한 우리 가족. 매일같이 밤늦게 들어와 새벽이 되자마자 나가는 나를 위해 가장 많은 희생을 했던 우리 가족. 하나님이 주신 가장 맛난 만남인 우리 가족 미안하고 감사하고 사랑합니다.